IL EST TEMPS D'ÊTRE HEUREUX

Marie Chaudy

1.

« Si vous voulez vous débarrasser de la
souffrance, débarrassez-vous d'abord du plaisir. »
Svami Prajnanpad

Maude s'empara de sa valise et marcha d'un pas lourd vers la sortie de la gare de Certy. L'illusion d'une vie plus tendre se brisait un peu plus à chaque claquement de semelle contre le carrelage blanc du hall. La foule l'entourait de sa masse grouillante et bruyante. L'odeur que dégageait une boulangerie à sa droite attirait nombre de passants. Elle lui souleva le cœur. Certains voyageurs se précipitaient en courant sur le quai du départ, d'autres en descendaient et tournaient fébrilement la tête pour repérer un visage familier. Il n'y avait personne pour elle. La jeune femme avançait seule, le regard dans le vague, sans prendre garde à ceux qui s'écartaient précipitamment de son chemin en crachant des injures.

Elle avait cru qu'elle pourrait tout recommencer, qu'elle aurait sa revanche sur le passé, qu'elle valait mieux que ça. Mieux qu'eux tous. Elle avait voulu se reconstruire loin de ses parents et de leur vie taciturne, loin de ce quartier où chacun croyait devoir marcher sur l'autre pour exister, loin de ces habitants qui ne voyaient en elle que la pauvre petite Maude.

Pauvre petite Maude ! Ici, elle n'était que la petite fille qui s'enfermait chaque soir dans sa chambre pour ne pas entendre ses parents hurler, pour ne pas voir leur visage se déformer sous la colère. La petite fille qui venait à l'école les yeux rougis et qui, pourtant, s'appliquait tellement à faire ses devoirs. Elle était un canard noir dans un enclot d'oies piailleuses.

Cela faisait deux ans qu'elle n'était pas rentrée. Deux longues années où elle avait profité de chaque instant pour étudier, rêver, rencontrer de nouvelles personnes, découvrir de nouveaux lieux. Elle allait devenir infirmière. C'était sa voie, son destin. Tout le monde le lui disait : elle était douée, elle était douce, elle savait trouver les bons mots pour se faire apprécier des patients, elle avait de l'autorité et de l'intuition. Tout le monde le lui disait, sauf ses parents : son père scandait que c'était un métier de propres à rien, seulement bon à doucher des vieux déglingués ; sa mère se lamentait sur le luxe intolérable de réaliser trois longues années d'étude au lieu de travailler.

Pourtant, Maude s'occupait de tout : loyer, repas, loisir. La jeune femme était parvenue à se faire héberger par un couple âgé contre quelques heures de ménages. De mobilité réduite, l'aide de Maude et sa bonne humeur leur permettaient de vivre un peu plus agréablement. Comme ils ne tarissaient pas d'éloges sur sa gentillesse et son savoir-faire, la voisine lui avait confié la garde de ses enfants certains soirs de semaine. Ces heures supplémentaires lui avaient permis d'être indépendante financièrement. Maude s'était alors crue hors d'atteinte. Elle avait coupé le cordon, elle s'était détachée de sa famille, elle était libre. Libre de vivre sa vie comme elle l'entendait, comme elle en rêvait depuis si longtemps.

Mais le passé finissait toujours par vous retrouver.

Les temps étaient durs. Pour tout le monde. Les journaux télévisés ne cessaient de clamer l'explosion du taux de chômage, surpassant tous les chiffres historiques. La crise financière touchait tous les niveaux, tous les secteurs, toutes les personnes. Les entreprises fermaient, d'autres se délocalisaient pour une bouchée de pain, les licenciements s'enchaînaient, les débouchés étaient bloqués. Les pauvres devenaient encore plus pauvres, les riches ployaient sous les impôts. Le pouvoir d'achat se réduisait, chacun resserrait la ceinture. Les associations d'aide humanitaire se trouvaient submergées de demandes tandis que les dons se réduisaient inexorablement. L'économie mondiale tournait au ralenti et s'enrayait : l'affaissement d'un pays entraînait inexorablement la chute de ses voisins. Le monde basculait doucement dans un gouffre sans fin.

A cela, s'ajoutait l'amplification des violences. Les idées radicales se démocratisaient et propageaient la peur et la suspicion, créant d'infernales tensions. Les émeutes dans les villes devenaient courantes et les confrontations avec les forces de l'ordre routinières. Les attentats se multipliaient dans les lieux communs pour de quelconques revendications politiques ou religieuses. La nuit dernière, une bombe avait causé une cinquantaine de morts dans un métro. Celle d'avant, l'explosion d'une voiture piégée devant l'entrée d'une banque avait tué cinq passants. Il devenait rare de ne pas connaître quelqu'un qui avait perdu ou failli perdre un proche dans ce genre d'incidents. C'était une nouvelle sorte de guerre, sans véritable ennemi : les hommes contre l'Homme.

En quelques mois, Maude avait subi tous les désagréments de cette société gangrenée. Après des années de pleurs et de cris, ses parents s'étaient enfin séparés. Ils avaient grossi les rangs toujours plus nombreux des couples divorcés. Durant la procédure, ils s'étaient disputés chaque meuble et chaque euro. Chacun avait tenté d'arracher à l'autre ce qu'il aimait en essuyant de fausses larmes devant le juge. Ses parents s'étaient quittés comme on se déchire, enfouissant les beaux souvenirs pour ne garder qu'une rancœur tenace. L'important était de dépouiller l'autre, de récupérer la plus grosse part du gâteau. Qu'importait si le conjoint aurait ensuite les moyens de vivre.

Sa mère, Adriana, s'était retrouvée sans argent. Elle n'avait jamais travaillé, « pour s'occuper de ses enfants » affirmait-elle. Pour être proches d'eux, pour passer du temps à les élever. Mais ça, c'était la théorie. Adriana n'avait jamais eu un instinct maternel très développé et ses finances étaient au plus bas. Sans diplôme, elle n'avait aucune chance d'améliorer sa situation dans l'économie actuelle. La sentence du divorce avait pourtant été le partage équitable des biens : mais malgré la flambée de l'immobilier et l'estimation considérable du prix de leur demeure, sa mère n'avait pas voulu quitter sa grande maison. Elle avait gardé un toit sous lequel elle était incapable de vivre.

Elle rappela Maude.

Adriana supplia sa fille, appuyant là où cela faisait mal, pour qu'elle revienne habiter à ses côtés. Une jeune femme vive et intelligente n'aurait pas de soucis pour trouver un emploi contrairement à elle qui était si fatiguée !

Son père n'avait été d'aucun secours. Il avait disparu le lendemain du divorce, sans laisser de mot. Il avait rayé sans scrupule sa fille de sa vie, sans même l'informer de ses projets. Elle n'existait plus pour lui. Alors Maude n'avait pas pu dire non : il lui restait une responsabilité. Un point d'ancrage dans son passé. Une douleur qui ne l'avait pas quittée pendant ses deux années d'absence. Un remord, une source d'amour qu'elle n'était pas parvenue à protéger, qu'elle avait abandonné pour ne pas se perdre elle-même.

Sa petite sœur de 12 ans, Clara.

A elle, Maude devait une vie sans privation, sans peur de ne pas manger le soir. Elle lui devait une vie avec un avenir. Elle était prête à renoncer au sien pour le lui offrir. C'était ça le rôle d'une grande sœur. Pour ça, elle voulut s'endetter pour soulager leur situation financière mais son banquier lui refusa un prêt. La jeune femme apprit qu'elle avait été proclamée caution de sa mère ; elle était devenue un client trop fragile pour bénéficier d'une aide bancaire. Elle entrait dans le cercle infernal de ceux qui ont besoin d'argent et qui ne peuvent pas en demander, contrairement à ceux qui en possèdent déjà.

Maude n'avait plus le choix, elle devait travailler. Maintenant. Malgré ses bonnes notes, elle abandonna sa troisième année d'étude d'infirmière. Elle avait une famille qui comptait sur elle. Une famille estropiée, bancale, mais tout de même une famille. Et puis, Maude savait que Fredis, le patron de la supérette rue des Fauvettes, l'embaucherait. Il avait toujours eu un faible pour elle. Ses rêves et ses espoirs lui échappaient une nouvelle fois.

Elle était partie.

Elle était revenue.

— Maman ! cria Maude en pénétrant dans la maison.

En descendant du taxi, la jeune femme avait trouvé le portillon du jardin ouvert. Elle s'était faufilée entre les buissons laissés à l'abandon pour atteindre la porte. Chaque pas lui avait rappelé des souvenirs qu'elle avait crus oubliés.

Au premier pas, ses yeux s'étaient arrêtés sur le lierre qui s'accrochait aux murs d'un beige terreux. Elle se souvenait du jour où elle avait tenté de grimper avec jusqu'à sa chambre pour éviter le salon dans lequel se disputaient violemment ses parents. Elle s'était écorchée les mains et était retombée à terre. Un deuxième pas l'avait mené à l'arbre sous lequel elle avait trouvé un chaton qu'elle avait nourri en cachette. Sa mère, qui n'en voulait pas, clamait haut et fort qu'elle était affreusement allergique aux poils d'animaux. Pourtant, Adriana portait des manteaux en fourrure. Un troisième pas, et Maude était parvenue sous le porche sous lequel elle s'abritait les jours de pluie, sans oser rejoindre l'arrêt de bus à 10 minutes de là. Ses parents, endormis, ne souhaitaient pas se réveiller expressément pour l'emmener à l'école. Un autre pas et un coup d'œil à droite sur le jardin, et Maude avait aperçu les traces de l'ancienne balançoire sur laquelle elle s'amusait à pousser Clara sous ses éclats de rires. Elles étaient bien alors, coupées du monde. Son cœur s'était gonflé d'amour et lui avait donné le courage de franchir la porte d'entrée.

— Maman ! insista Maude en tentant de percevoir un mouvement dans la maison.

La jeune femme posa sa valise près de l'escalier et se déchaussa. L'odeur qui régnait à l'intérieur n'avait pas changé : un mélange de renfermé et d'encens à la fleur d'oranger. Maude se rendit dans le salon à pas de loup, une habitude qui visiblement ne l'avait pas quittée.

— Maman ? répéta-t-elle une nouvelle fois.

Une tête jaillit derrière le canapé, la regarda sévèrement et s'exclama :

— Chut, j'écoute !

Et sa mère refixa son attention sur la télévision qui grésillait dans la pièce. Ses paroles lui firent l'effet d'un coup de poing dans le ventre. Maude se mordit l'intérieur de la joue pour retenir un cri d'indignation. Elle ne s'attendait pas à des pleurs de joie ni à des embrassades infinies, mais un minimum d'attention lui aurait réchauffé le cœur. Elle avait tout quitté. Elle avait abandonné ses amis, ses études et ses rêves. Son sacrifice ne lui valait pas même un merci, pas même un regard. La jeune femme eut envie de retourner sur ses pas, de s'emparer de sa valise et d'oublier une fois pour toute cette vie grise et triste.

Au lieu de ça, Maude avança dans le salon et s'accouda sans un mot au canapé.

« C'est une avancée exceptionnelle que nous vous proposons de découvrir aujourd'hui ! » Depuis la petite télévision encastrée dans un meuble richement décoré de breloques en faux cristal, la présentatrice d'un quelconque journal télévisé s'égosillait devant une incroyable découverte. Elle parlait de bouleversement de l'ordre mondial, de fin de guerres et de temps de paix. Elle vantait sans discontinuer cette petite révolution capable de mettre de l'ordre dans la cacophonie actuelle des marchés. Les chercheurs s'étaient surpassés, leurs heures d'études n'étaient pas vaines. Tout allait redevenir normal. Un temps nouveau commençait, une nouvelle ère de sérénité et de sécurité allait s'installer. Ils étaient parvenus à créer un vaccin contre les sentiments néfastes qui détruisaient petit à petit la Terre. Un vaccin capable de prohiber les envies de conquêtes, de gloires et de domination.

Adriana poussa un soupir d'extase devant sa télévision, sa fille laissa échapper un sifflement perplexe derrière elle. Puis vint l'explication du procédé.

Le vaccin ne réduisait pas seulement les mauvais sentiments mais toutes les perceptions émotionnelles. Il atténuait de ce fait les peurs et les chagrins, permettait de mener une vie commune sans trouble et sans fausse ambition. Selon la présentatrice et son sourire plaqué, il était la solution miracle contre cette société corrompue. Il résolvait le problème du chômage : les salaires seraient plus stables puisqu'ils suffiraient qu'ils assurent une vie tranquille à leur bénéficiaire pour qu'il en soit satisfait. Il était la réponse aux divorces : chacun serait plus confiant envers l'autre et moins attiré par la chair extérieure. Il signerait l'abolition des attentats : les causes individuelles et extrémistes s'évanouiraient sans la source de haine à leur départ. De façon générale, ce vaccin permettait de faire disparaître les sept péchés capitaux du monde : la paresse en rendant la routine agréable, l'avarice en inhibant les désirs personnels, la colère en permettant de porter un regard calme sur les évènements, l'orgueil en se désintéressant du jugement d'autrui, la gourmandise en ne veillant qu'à ses besoins primaires, l'envie en ne souhaitant que la quiétude universelle.

Des essais cliniques avaient été réalisés avec succès sur des souris. Après traitement, le rythme cardiaque des animaux s'apaisait, même en situation stressante. Les souris vaccinées vivaient sereinement en communauté et ne présentaient plus de caractère dominant-dominée. Un signe évident de bonheur. Fiers de leur réussite, les scientifiques avaient choisi de viser plus haut. Réunissant en secret dix volontaires, ils leur avaient injecté le vaccin et les avait observés pendant deux longs mois. Selon eux, l'essai avait été transformé. Un but en pleine lucarne. Les volontaires faisaient preuve de plus de calme, étaient plus souriants et augmentaient leurs actes de sympathie au quotidien. Ils ne se disputaient plus avec leur conjoint, s'occupaient mieux de leurs enfants et n'étaient plus en retard au travail. Une autre preuve évidente de bonheur. Un des volontaires prénommé Etienne était interviewé à la télévision.

— Vous sentez-vous plus heureux depuis ces deux derniers mois ? questionna un journaliste rondouillard.

Son micro tremblait d'émotion ; en quelques heures, Etienne était devenu l'incarnation de la bonté divine. L'interrogé tourna un regard paisible à la caméra.

— Sans hésitation, dit-il d'une voix détachée.

— Ressentez-vous des effets secondaires désagréables ?

— Aucun.

— Si vous deviez le refaire, feriez-vous le même choix ?

— Oui.

Un argumentaire implacable qui ravit toute la population.

La présentatrice termina son programme en annonçant avec fierté que le gouvernement, enthousiasmé par cette découverte, avait pris une grande décision. Un référendum « pour ou contre » une vaccination générale de la population aurait lieu ce week-end. Maude secoua la tête de dépit redoutant d'avance les résultats. Les référendums étaient devenus monnaie courante ces dernières années. Les gouvernements, incapables de proposer des solutions efficaces face aux dégradations que subissait leur nation, en appelaient au peuple à la moindre occasion. Cela leur permettait de ne pas porter tout le poids de l'échec si la mesure adoptée venait à échouer, ce qui était majoritairement le cas. Le problème, c'est qu'ils plaçaient par la même occasion le pouvoir dans des mains inaptes. Ils l'offraient à des pauvres gens effrayés et affamés, incompétents à se projeter à long terme.

Et ce vaccin, cette décision, pouvait changer le monde plus que toute autre.

La poignée de la porte d'entrée claqua et Clara déboula dans la pièce, le cartable accroché à son dos et un immense sourire au visage. Elle évita à Adriana et Maude un premier face-à-face gênant.

— J'ai vu ta valise dans l'entrée, tu es là ! s'écria Clara avec excitation avant de sauter dans les bras de sa grande sœur.

Maude la fit tourner dans les airs avant de la serrer très fort contre elle. Mon dieu qu'elle avait grandi en deux ans ! La petite sœur qui s'accrochait sans cesse à sa jambe lui arrivait maintenant à la poitrine. Ses cheveux étaient plus courts et ses joues avaient perdu la candeur et la rondeur de l'enfance. En revanche, ses yeux n'avaient pas changé. Ils étaient restés aussi vifs et aussi joyeux que dans son souvenir. Maude l'écarta légèrement et la fit pivoter sur elle-même pour poursuivre son examen.

— Très belle, prononça-t-elle d'un ton professionnel. Je vous fais miss des petites sœurs mademoiselle, félicitation !

Clara éclata de rire et se jeta de nouveaux dans ses bras.

— Tu m'as manqué, lui murmura-t-elle à l'oreille ; et Maude sentit les larmes lui piquer les yeux.

Les deux sœurs se séparèrent sous l'œil désintéressé de leur mère qui s'était déjà emparée du téléphone pour discuter du fabuleux vaccin avec Mimi, la vieille voisine d'en face. Maude en profita pour attirer Clara vers la cuisine et lui demander de lui retracer tout ce qu'elle avait manqué. Loin de lui en vouloir pour son absence et juste à la joie simple de la retrouver, sa petite sœur débuta son récit. Elle lui raconta tout, du divorce de leurs parents à son premier chagrin d'amour. Maude regretta de n'avoir pas pu la protéger de ces douleurs qu'elle avait elle-même connu. Elle aurait dû être là pour partager ses expériences, ses doutes et ses apprentissages. Alors quand enfin sa petite sœur se tût, elle lui relata sa propre histoire, son sentiment d'étouffement, sa peine à l'abandonner et la nouvelle vie qu'elle avait découverte.

Le lendemain, Maude accompagna Clara au collège et fut émue de la fierté qui rayonnait sur le visage de sa sœur quand elle la quitta devant les grilles de son établissement. Elle lui souhaita une bonne journée, la serra dans ses bras, et avec un pincement au cœur, partie rejoindre la supérette du quartier qui se trouvait deux rues plus loin.

Maude pénétra dans la boutique qui regorgeait d'étagères surchargées de boîtes de conserves et de petits pots en verre. Rien n'avait changé. Ni le désordre ambiant que chaque habitué connaissait par cœur, ni les vieux cadis qui, déjà il y a deux ans, grinçaient sans discontinuer. Ces gens-là ne savaient pas évoluer et perdaient avec l'âge le bonheur simple d'apprendre, de changer, de s'améliorer.

Maude tourna à droite, traversa l'allée des produits d'entretien et trouva sans surprise le comptoir qui l'attendait. Fredis était en train de discuter avec madame Guerin, une vieille folle pas méchante qui affirmait communiquer avec les esprits. Elle s'avança à leur rencontre.

— Bonjour Fredis, bonjour madame Guerin, lança-t-elle comme si elle n'était jamais partie.

Les deux interpelés se tournèrent d'un même mouvement et la fixèrent bouche-bée. Un sourire se dessina sur les lèvres de Fredis qui quitta sa caisse pour venir la saluer.

— Ma petite Maude ! s'exclama-t-il. Ta mère ne nous avait pas dit que tu revenais ! Comment va notre grande infirmière ?

Maude grimaça.

— Elle doit refaire le plein pour pouvoir terminer ses études, répondit-elle avec un sourire contrit.

Parfois, un mensonge valait mieux que la vérité.

Fredis hocha la tête, comprenant immédiatement l'allusion. Il fit mine de réfléchir tout en jouant avec son alliance.

— Mmmh, peux-tu repasser demain ma belle ? Nous en discuterons ensemble. Je te trouverais bien quelque chose à faire, il ne faudrait pas que notre vedette s'arrête en si bon chemin !

— Tu es mon sauveur ! lui répondit-elle.

Maude serra Fredis dans ses bras. L'odeur de sueur de l'homme, camouflé par un déodorant trop fort, piqua le nez de la jeune femme. Ne voulant pas s'attarder, Maude lui acheta un paquet de chewing-gum et quitta la boutique. Dès le pas de la porte franchit, ses muscles se relâchèrent. Elle n'avait pas eu conscience d'être aussi tendue. Elle s'accouda à une rambarde et respira calmement. Pour la première fois depuis un an, l'envie de fumer une cigarette se fit pressante. Au lieu de ça, elle attrapa un chewing-gum et le mastiqua sauvagement.

Le lendemain, Maude revint au magasin. Fredis lui donna un vieil uniforme vert, et la jeune femme commença à ranger le stock de l'arrière-boutique dans les rayonnages. Ces dernières années, Fredis se débrouillait avec sa femme pour effectuer ce travail, mais il lui assura qu'un peu de repos ne leur ferait pas de mal. Pendant qu'elle portait, déballait et ordonnait chaque produit, il la couva d'un regard douteux.

Quand elle eut fini, fatiguée et les bras lourds, Maude se changea et encaissa les revenus de sa journée. Sur le chemin du retour, elle passa au collège récupérer sa petite sœur. Clara se fit une joie de lui raconter sa journée en détails et Maude rit de bon cœur en l'entendant critiquer un vieux professeur d'histoire, complètement déboussolé, qu'elle avait également eu des années auparavant.

Les deux sœurs arrivèrent rapidement chez elles. La maison était vide ; leur mère devait encore traîner chez une quelconque voisine, mangeant gâteaux et friandises en échange des derniers ragots. Maude accrocha son sac au porte-manteau pendant que sa sœur filait sans attendre dans sa chambre. La jeune femme se laissa tomber sur le canapé avec un soupir de soulagement. Ses épaules la tiraient d'avoir porté de lourdes charges, et ce n'était rien comparé au fait d'être restée debout toute la journée. Ses pieds étaient en compote ! Elle s'empara de la télécommande.

— Clara, tu m'appelles si tu as besoin d'aide pour tes devoirs ! cria-t-elle en direction des escaliers, avant d'allumer la télévision.

La télécommande en main, Maude zappa quelques chaînes. Son attention fut enfin captée par une émission d'informations. « *Le référendum qui se déroulera demain sera sans aucun doute le référendum le plus important de l'histoire ! Va-t-on vacciner toute la population grâce au remède miracle mis au point par nos chers scientifiques ?* » clamait un présentateur stéréotypé, le regard fixé sur une audience imaginaire. « *Ce référendum se tiendra dans tous les pays démocratiques de la planète, et même dans de nombreuses monarchies et dictatures ! C'est E-NOR-ME ! Demain, le sort du monde sera entre vos mains, alors citoyens, n'oubliez pas de voter !* »

Dégoûtée, Maude changea de chaîne. On parlait d'une question capitale comme d'un vulgaire jeu de loto : « Demain, c'est la Super Cagnotte ! N'oubliez pas de gratter votre ticket pour changer votre destin. Devenez un homme heureux, l'avenir est vôtre ! ». Beurk ! Il n'empêchait que toute cette histoire lui faisait un peu peur. Bien sûr, les solutions qu'apportait le vaccin la fascinaient. Elle souhaitait comme tout le monde que son époque retrouve un peu de sérénité. Il y a six mois, c'était un vieil ami d'enfance qu'elle avait perdu. Criblé de dettes, il avait préféré se défenestrer plutôt que de se résoudre à abandonner son appartement aux huissiers. Des drames comme ça devenaient trop communs, et leur généralisation les rendait encore plus courants. Encore un cercle sans fin.

Pour pouvoir mettre fin à ce genre d'événements, Maude aurait tout donné.

Tout !

Ou presque... Elle avait peur qu'avec ce vaccin, ce soit leur humanité que les hommes abandonnent. Ce petit plus qui leur faisait accomplir le pire mais aussi le meilleur. Elle avait peur de ne plus être elle-même, elle avait peur des effets secondaires, elle avait peur de ne pas pouvoir revenir en arrière une fois le vaccin effectué. C'était trop... Brutal. Trop décisif. Trop absolu. Mais le monde avait encore plus peur qu'elle, et beaucoup de personnes seraient prêtes à se perdre pour se sauver.

Maude finit par monter se coucher. Les marches de l'escalier grincèrent sous ses pas. Sa mère n'était pas encore revenue ce qui n'avait rien étonnant. Adriana vivait le soir quand ses relations revenaient chez elles après leur journée de travail. Le matin, au contraire, elle paraissait dans sa chambre jusqu'à midi.

Maude se brossa les dents avant d'enfiler sa nuisette. Ainsi vêtue, elle frissonna et s'enfouie rapidement sous la douce couverture bleue qui recouvrait son matelas. Alors qu'elle commençait à s'endormir, Maude entendit gratter à sa porte.

— Je peux entrer ? murmura Clara par l'entrebâillement du bâtant.

— Bien sûr, viens ! Tu n'arrives pas à dormir ?

— Non…

Clara grimpa sur le lit et s'allongea près de sa grande sœur.

— Je veux pas être vaccinée, annonça-t-elle d'un ton catégorique après un long silence. Les autres, ils disent que c'est bien, que le monde ira mieux, qu'on sera plus heureux !

— Qui sont les autres ? souffla gentiment Maude.

— Les élèves, ma classe, mes copains ! Même certains de nos professeurs ! Tout le monde ! Tout le monde se réjouit de ce vaccin !

— Et tu ne veux pas être plus heureuse, toi ?

— Si, bien sûr ! Mais comment être plus heureux si on ne ressent plus le bonheur ? Si je suis aussi contente d'acheter une baguette de pain plutôt qu'un réglisse ? C'est nul !

Les yeux de Clara se firent inquiets.

— Et si je devenais indifférente à tout ? A toi ? Si nous devenions seulement deux personnes habitant sous le même toit ?

Maude ébouriffa tendrement ses cheveux.

— Tu crois vraiment pouvoir te débarrasser de moi aussi facilement ? l'interrogea-t-elle avec un air faussement sceptique. Maintenant que je suis de retour, tu vas devoir me supporter encore un peu !

Et Maude s'empara de sa petite sœur qu'elle fit basculer près d'elle pour lui faire des chatouilles. Clara partit aussitôt dans de grands éclats de rire.

— Et là, tu le ressens le bonheur ?

Puis elle se pencha à son oreille et chuchota :

— Rien ne peut nous séparer ma petite sœur chérie !

Mais les paroles de Clara résonnaient encore dans sa tête.

Et son ventre était noué.

Maude poussa la porte de la supérette pour le deuxième jour consécutif. Les courbatures de la veille tiraillaient son corps. Déjà cette routine inintéressante la remplissait d'horreur. Elle se força à se souvenir du sourire de Clara la veille au soir. Elle aurait pu déplacer des montagnes pour contempler ce sourire-là. Ce n'était pas quelques cartons remplis de conserves qui lui feraient peur !

Elle avait déjà revêtu son vieil uniforme lorsqu'elle vit Fredis s'approcher d'elle.

— Alors ma belle, tu t'en sors ?

La jeune femme hocha la tête et s'empara d'une boîte d'haricots qu'elle plaça en rayon.

— Tu sais, continua-t-il, si tu as le moindre souci, je peux t'épauler. C'est important de savoir se soutenir les uns les autres. Ces idiots qu'on voit à la télé se faire tuer pour un oui ou pour une crotte, ils l'oublient trop ! Au lieu de se faire exploser la cervelle, il ferait mieux de donner de leur temps à ceux qui en ont besoin !

Maude tourna un visage surpris vers Fredis. Elle n'imaginait pas qu'un tel homme puisse défendre les mêmes idées qu'elle. Elle étudia son visage rougeau, sur lequel quelques gouttes de sueurs luisaient déjà.

— Tu as raison, prononça-t-elle prudemment, tout en continuant son rangement.

— Je le savais ! approuva-t-il satisfait. Tu vois, c'est comme ma femme. Elle est toujours à se plaindre qu'elle travaille trop, que le commerce ne rapporte pas, qu'elle ne peut pas s'acheter du maquillage. Mais tu vois, au lieu de geindre, elle devrait s'occuper des honnêtes gens, à commencer par moi ! C'est important que les femmes s'occupent des hommes, c'est un premier pas vers la paix !

Le visage impassible, Maude se retint de feindre de vomir tant ce discours l'écœurait. Les yeux luisants qu'il tournait vers elle étaient sans équivoque. Tout comme la fermeture de son jean qui menaçait d'exploser et qu'il affichait fièrement. Il fit un pas vers elle.

— Tu n'es pas d'accord avec moi ? lui demanda-t-il d'une voix mielleuse.

Maude posa la dernière boîte d'haricot, et le regarda dans les yeux :

— Non.

La jeune femme se détourna de lui pour récupérer un nouveau carton dans la réserve. Lorsqu'elle s'engagea de nouveau dans l'allée, Fredis avait disparu. Elle avait gagné quelques jours de répit. Mais pour combien de temps ?

Lorsque Maude sortit de la supérette en fin d'après-midi, tous les haut-parleurs de la ville scandaient le même refrain : « *N'oubliez pas d'aller voter ! Vous pouvez guérir le monde, le destin est entre vos mains ! Votez !* ». La jeune femme s'empara de sa boîte de chewing-gum et en mâcha vigoureusement un. Elle était énervée. Enervée contre le comportement de Fredis, énervée contre sa mère, énervée contre ses amis qui n'avaient pas pris de nouvelles depuis qu'elle était rentrée. Elle était énervée contre ce pays qui se disait démocratique et qui incitait sa population à se faire vacciner par des messages publicitaires scandaleux. Elle était énervée que personne ne se rende compte de cette manipulation évidente, ou que personne n'ait la force de protester.

Elle était énervée contre elle car elle aurait dû protester.

Maude était assise sur le canapé, devant la télévision. Le dossier un peu dur accueillait son dos fatigué. Sa petite sœur avait la tête posée sur son épaule et envoyait un message sur son portable. Ses petits doigts volaient d'une touche à l'autre sans hésitation. A côté d'elles, leur mère trônait dans le fauteuil de style indien de la maison. L'excitation brillait distinctement dans ses yeux. Dans moins de 10 minutes, les résultats officiels du référendum tomberaient. Les pronostics annonçaient le « oui » gagnant ; une majorité écrasante était attendue. Comment conforter les hésitants dans un choix douteux : leur assurer qu'il était le choix de la majorité ! La majorité n'avait-elle pas toujours raison ? Des millions de personnes unanimes étaient la preuve concrète, solide et irréfutable d'une décision saine et juste. Maude bouillonnait intérieurement.

« Les résultats des pays voisins commencent à tomber ! Et c'est un « oui » à 71% chez nos amis italiens ! Incroyable ! Serait-ce la fin de tous nos problèmes ? Mais attendez, on m'annonce les résultats de la Croatie ! La Croatie s'est également prononcée favorablement à la vaccination ! Ses habitants ont voté à 54% pour qu'une nouvelle ère débute ! Une ère de sérénité et de sécurité ! »

La présentatrice TV s'en donnait à cœur joie pour annoncer les premiers résultats des référendums. Ses suspens, exclamations et faux rires étaient dignes d'une qualification pour les Jeux Olympiques. A chaque nouvelle annonce, le cœur de Maude cognait dans sa poitrine. C'était un cauchemar. Clara s'était redressée et fixait l'écran de télévision. Leur mère tapait des mains comme une enfant de 5 ans. Pathétique. *« Et maintenant le moment tant attendu… Nos propres résultats ! Dans 10 secondes nous serons si notre avenir sera fait de jardins, de rivières et de promenades, ou si les attentats et les divorces resteront notre pain quotidien…. Mais il ne reste plus que 4 secondes ! 3… »*

C'était perdu d'avance ; pourtant, Maude serrait l'accoudoir à s'en blanchir la peau.

« 2… »

Clara étouffa un gémissement, ses mains tremblaient sur ses genoux.

« 1… »

Maude s'empara de la main de sa petite sœur et lui fit un sourire crispé.

« *Et c'est gagné ! 87% de oui ! C'est tout bonnement inimaginable ! Ce soir, je suis fière de mon pays ! Je suis fière et heureuse ! Remercions une nouvelle fois nos scientifiques qui ont accompli un travail merveilleux ! Aujourd'hui, nous avons donné voix à la science, et la science chante ! N'oubliez pas demain d'aller chercher vos vaccins ; mais ne vous inquiétez pas, il en aura pour tout le monde ! Je vous rappelle que vous avez maintenant une semaine pour vous faire vacciner. N'attendez pas le dernier moment ! Ah, nous vivons vraiment un moment historique, c'est incroya...* »

CLAP. La télévision s'éteignit brutalement. Maude pivota vers Clara qu'elle trouva immobile, la télécommande encore tendue devant elle. Un silence sans faille engloutit la pièce. Alors c'était fini ? Déjà ? Juste comme ça ? Dans une petite semaine, le monde aurait basculé ? Leur mère expira. Inspira. Cria.

— Rallume tout de suite la télévision ! Es-tu folle petite sotte ? Nous vivons un moment historique, n'as-tu pas entendu ? Je veux faire partie de ce moment !

Avant que Clara n'ait pu faire un mouvement, Maude s'empara de la télécommande et se leva.

— Maman, tu me dégoutes, lâcha-t-elle. Tu crois que tu seras plus heureuse avec ce vaccin ? Tu crois que papa reviendra ? Tu crois que tu seras libre de ne pas travailler ? Que tu n'auras plus de problème d'argent ? Tu n'as jamais su voir le bonheur. Tu es aveugle. Tu ne fais que te cogner aux murs, puis reprocher aux murs d'être là. Mais maman, les murs sont faits pour nous guider et nous protéger ! Il suffit de les voir et de les escalader pour trouver le soleil ! Tu crois que ce vaccin t'amènera le soleil ? Tu passeras simplement d'une vie noire, à une vie de brouillard. Je ne veux pas d'une vie grise. Je veux une vie faite de rose vif, de jaune criard, de vert pastel et de bleu cyan. Je veux que ça scintille, que ça flambe, que ça chante ! Tu crois que je me leurre ? Que je suis une de ces stupides utopistes responsables de la décadence de ce monde ? Que je vais bientôt te parler de Dieu, de la foi et de l'amour ? Tu ne sais pas aimer. Si les gens aimaient un peu plus, nous n'en serions pas là. S'il existait un peu plus d'empathie et de bienveillance dans ce monde, nous n'en serions pas là. Crois-tu qu'on résolve un problème en le camouflant ? Non, on tente de le comprendre, on l'analyse, on essaye de trouver un remède. Parfois on trébuche, on rate, on passe à côté. Et alors ? La vie est faite d'essais ! Puis un jour, on trouve une solution, et le problème disparait. Et on en ressort grandi. Tu crois qu'on sera grandi une fois vacciné ? Une fois amputé de nos sentiments ? Une fois privé de nos émotions ? Non, on rapetissera. On stagnera dans un état inférieur sans plus chercher à s'améliorer. Ce vaccin, c'est ne pas reconnaître la valeur humaine. C'est ne plus croire en nous. En ce que nous pouvons accomplir. C'est nous avouer trop faibles pour faire changer le monde. Nous ne sommes pas faibles. Nous sommes désabusés. Mais on ne soigne pas une perte de confiance avec des médicaments. Ou un vaccin. On la soigne avec de l'amour. Avec de la joie. Avec de la confiance. Et au lieu de ça, nous allons supprimer notre amour, notre joie et notre confiance ! Et tu en es satisfaite ?

Maude posa brusquement la télécommande sur l'accoudoir du canapé. Les yeux de sa mère étaient écarquillés, sa bouche entrouverte. Pour sûr, toutes les voisines sauraient demain que sa fille avait perdu la tête.

— Je ne me ferais pas vacciner et Clara non plus, assena-t-elle avec force. Je ne veux plus entendre parler de ce référendum. Maintenant, nous allons nous coucher. Bonne nuit.

Et Maude tourna les talons.

Maude dormit très peu cette nuit-là. Ce fut les yeux rouges du manque de sommeil qu'elle engloutit ses tartines beurrées avant de se rendre à la superette. Fredis fredonnait à sa caisse et ne daigna pas se retourner lorsque la sonnette de l'entrée retentit. Au fil de la journée, un joyeux brouhaha secoua les allées de la boutique. Hommes et femmes se montraient avec fierté le vaccin qu'ils venaient de se procurer à la pharmacie. Maude apprit que la queue pouvait durer plusieurs heures ; tous les commerces étaient pris d'assaut. Stupides moutons qui se jetaient dans la gueule du loup en courant. L'injection du vaccin revêtait des airs de cérémonies divines, chacun allant de son rituel : une femme souhaitait que son mari lui administre son vaccin directement dans le cœur, une autre organisait un dîner digne de Thanksgiving avant le grand pas ; un étudiant aux longs cheveux expliquait à sa petite amie quelle chanson devait résonner au moment fatidique tandis qu'une enfant de dix ans demandait à son père d'être déguisée en princesse pour avoir moins peur de la piqure.

La jeune femme ferma derrière elle la porte de la supérette avec soulagement. Plus d'idioties naïves à écouter sans réagir, sans protester. Elle leva la tête et laissa le soleil baigner son visage. Il était encore tôt dans l'après-midi et aucun nuage ne menaçait l'horizon. Elle avait quelques heures à occuper comme bon lui semblait. Une délivrance. Comme il était hors de question de rentrer chez elle, Maude s'en alla déambuler dans la ville. Elle brancha ses écouteurs et la musique se mit à crier dans ses oreilles. C'était ça se sentir vivant. Un souffle d'air frais sur la peau, le soleil qui vous réchauffe le dos et une chanson qui vous pousse à danser en pleine rue.

La chanson *Locked away* débuta tandis que la jeune femme s'engageait dans l'allée pavée du centre-ville. Elle adorait cette musique. Pour son air, pour ses paroles, pour les émotions qu'elle provoquait en elle. Un coup d'œil derrière elle lui apprit qu'elle était seule. Les boutiques de vêtements qui jalonnaient la rue n'accueillaient que de rares clients. Maude commença à chantonner « *If I got locked away and we lost it all today... Tell me honestly, would you still love me the same?* ». Ses doigts pianotaient en rythme sur son manteau bleu. Une grand-mère sortit d'une banque à quelques mètres de là et lui jeta un regard suspicieux. Avec un sourire ironique, Maude monta le son de son portable. Un sentiment de liberté et d'invulnérabilité l'envahit. Comment pouvait-on se priver de plaisirs aussi simples ? Oui, ses écouteurs étaient réglés sur un volume trop élevé. Oui, elle aurait dû davantage être attentive à son environnement extérieur. Alors quoi, une fois vacciné plus personne ne chanterait dans la rue pour le bonheur des passants ? Plus personne ne danserait sans raison ? Plus personne ne taguerait les murs de cette ville grise, pour lui redonner des couleurs ?

Une porte métallique apparut au détour d'une ruelle et révéla un humble square, bouffée de verdure dans un univers de béton. Maude s'introduisit à l'intérieur. Elle esquissa quelques pas de danse d'une improvisation épouvantable ; la musique chantait follement dans ses oreilles. Un chat dormait en boule sur le premier banc en bois du jardin. Réveillé par les gesticulations de la jeune femme, il releva la tête et lui souffla mécontent dessus. Maude pouffa. Tiens, enfin un qui était de la même humeur qu'elle, en cette journée de bêtise collective. Elle tendit la main pour le caresser mais l'animal s'échappa, outré d'une telle atteinte à sa solitude.

— Toi, tu devrais te faire vacciner, tu serais plus facile à câliner ! lui glissa-t-elle avec ironie.

— Et sa liberté de chat dans tout ça ? prononça une voix derrière elle.

Maude sursauta. Coupée du monde par sa musique, elle n'avait entendu personne approcher. Arrachant ses écouteurs, elle se retourna vivement.

— Quoi ? demanda-t-elle bêtement, le cœur tambourinant.

Des yeux marrons sombres. Très sombres. Un sourire désabusé. Un visage agréable. Des cheveux bruns en bataille. Un manteau en cuir noir. Il la regardait de haut, les mains coincées dans les poches d'un jean usé. Il la fixait avec condescendance, notant ses cheveux attachés en vitesse, son visage tiré et sa tenue négligée. La vie aimait s'amuser. Vous souhaitez un exemple ? Sortez en pyjama faire vos courses un samedi matin, vous croiserez le beau voisin que vous ne voyez jamais. Ne vous maquillez pas un vendredi au bureau, et vous mangerez avec votre collègue le plus sexy. C'était ça l'ironie du sort. L'incroyable sens de l'humour de la vie. Hilarant. Il fallait le voir, Maude se tordait de rire intérieurement. Très, très intérieurement.

— Sa liberté de chat ? répéta l'inconnu. Tu vas le faire vacciner sans lui laisser le choix pour qu'il marche dans les rangs et qu'il rassure ta petite conception du monde, comme quoi les chats doivent se faire caresser. Et s'il n'en a pas envie ? Et si ce chat déteste les caresses et que ce qui le rend heureux, c'est d'être seul et de dormir toute la journée ? Sur ce, tu arrives, et tu déclares qu'il n'est pas normal. Qu'il faut le vacciner pour le ramener à cette normalité, celui des chats qui aiment les caresses. Tout doit filer droit. Tu vas rendre ce chat malheureux pour ton propre bonheur ; et tu clameras être généreuse. Tu me navres.

Maude resta bouche bée. Tout le monde était devenu fou ou quoi ? Pourquoi prenait-il une voix si dédaigneuse pour lui parler ? Elle n'avait rien fait du mal. Elle n'avait même pas touché ce pauvre chat ! Elle s'accordait deux heures de liberté dans sa triste vie et on l'attaquait. Sans raison, gratuitement. La jeune femme se redressa. Beau ou pas, il pouvait aller se faire voir.

— Je vois que l'ironie t'est étrangère. Si tu as envie de déverser ta colère, va plutôt agresser la file de crétins devant les pharmacies. Maintenant, si tu me le permets, je vais remettre mes écouteurs histoire de ne pas entendre plus de bêtises, j'en ai déjà eu ma dose aujourd'hui !

Maude récupéra les écouteurs qui pendaient le long de sa jambe. Elle était de nouveau énervée. Elle allait finir par le faire ce vaccin, histoire de ne plus se rendre compte qu'elle était entourée d'idiots. Vivre dans un brouillard épais. Une bienfaisante indifférence envers le monde. Elle commençait à se détourner lorsque l'inconnu lui posa la main sur son bras.

— Je suis désolé, je n'avais pas à te parler ainsi. J'ai eu une dure journée.

Des yeux marrons sombres. Très sombres. Un sourire désabusé. Une main chaude contre la manche de son manteau. Et le cœur de Maude se mit à jouer un solo de batterie. Aujourd'hui, des milliards de personnes allaient abandonner leur faculté de ressentir une telle émotion. Incontrôlable, forte, splendide et complètement stupide, il est vrai. Comment pouvait-on renoncer au plaisir pour la seule promesse de ne plus souffrir ?

— La mienne n'a pas été un cadeau non plus ; mais j'aimerais qu'elle dure indéfiniment, répondit-elle. J'ai peur de me réveiller demain.

La déclaration avait franchi ses lèvres sans qu'elle n'y réfléchisse. La jeune femme expira. Cela faisait du bien de le dire. Elle ne s'était pas rendu compte à quel point cette confession était restée coincée dans sa gorge. Ce n'était ni avec Fredis, encore moins avec sa mère et sûrement pas avec sa sœur qu'elle allait parler de ses craintes. Le jeune homme se contenta de l'observer un peu plus attentivement. Les cheveux en queue de cheval et le visage sans une trace de maquillage, Maude devait offrir un bien pauvre spectacle.

– J'ai peur qu'on devienne des zombies, continua-t-elle. Des zombies contrôlés par un gouvernement réveillé. Ou des zombies contrôlés par des zombies. Je ne sais pas ce qui est le pire. J'ai peur de ne pas pouvoir protéger ma petite sœur. J'ai peur que la vie n'ait plus de sens. J'ai peur de perdre mes amis et de ne même pas le regretter. J'ai peur qu'on me vaccine de force, et que je me retrouve moi aussi sans plus de sentiments. Ne plus être qu'une version atténuée de moi-même. J'ai peur de ne jamais réaliser mes rêves. Suis-je la seule à avoir peur ?

Maude planta ses yeux dans le regard sombre de l'inconnu.

– Pourquoi personne ne proteste-t-il ?

Un silence ponctua sa question. Le portillon en fer du square grinça, malmené par une bourrasque de vent. Une mèche de cheveux s'échappa de son élastique et vint lui caresser la joue.

– Je suis seule, conclut-elle.

– Tu ne l'es pas.

Des larmes effleurèrent ses paupières.

Pour ne pas s'écrouler, Maude s'était rapidement construit des barrières derrière lesquelles elle enfouissait ses sentiments. Seules les deux années passées loin de sa famille avaient été d'une joyeuse simplicité, son entourage étant d'une chaleureuse bienveillance à son égard. Ces derniers jours, elle avait de nouveau revêtu son armure et armé son cœur d'acier. Sentir de nouveau une présence compréhensive à ses côtés la déconcertait et ébranlait son mur intérieur.

— Tout le monde n'est pas satisfait de ce vaccin, ajouta véhément l'homme. Je ne le suis pas. Je ne me ferais pas immuniser contre les soi-disant malheurs de ce monde. Nous sommes responsables de notre société et je préfère l'assumer que de me défiler en devenant un légume pensant.

Le jeune homme s'écarta imperceptiblement de Maude, enfermé dans une colère retenue. La jeune femme avait toujours été douée pour comprendre les gens qu'elle rencontrait : d'où ils venaient, quelles valeurs ils suivaient, ce qui motivait leur vie et ce qui les touchait. Cette faculté l'avait conduite à réaliser ses études d'infirmière. Avec lui, elle nageait dans des eaux troubles qui se faisaient tantôt chaudes et accueillantes, tantôt glaciales.

— Tu préfères donc agresser de pauvres filles dans la rue pour les dissuader de se faire vacciner ? plaisanta-t-elle pour le détourner de ses sombres pensées. Je dois te dire que ton argumentation mérite quelques améliorations.

Comme il ne réagissait pas, elle lui tendit la main.

— Maude, prononça-t-elle. Maude Bazin.

Devant son regard circonspect, elle sourit et précisa :

– Comme ça, nous ne sommes vraiment plus seuls.

Le jeune homme saisit sa main. Elle était chaude et légèrement calleuse.

– Nathan.

Simple, efficace. Le message était clair.

– Je vois que les présentations sont courtes, je vais y aller avant qu'on ne me soupçonne d'appartenir à la CIA, ou pire, à la ligue des justiciers !

Le visage du jeune homme se détendit et un rire sortit de sa gorge. Il la fixa avec curiosité, comme s'il s'efforçait de comprendre son fonctionnement. Il allait devoir s'accrocher, même elle n'était pas convaincue de se comprendre. Nathan s'écarta finalement pour lui libérer le passage.

– Je ne te retiens pas plus. Veuille à ne pas te faire vacciner, jolie Maude.

La jeune femme hocha la tête et s'éloigna, sans ajouter un mot.

Un sourire ravi restait accroché à ses lèvres.

2.

« On croit que les rêves, c'est fait pour se réaliser. C'est ça, le problème des rêves : c'est que c'est fait pour être rêvé. »
Coluche

— Maman, je vais travailler, annonça Maude en passant la tête dans la cuisine.

Adriana releva les yeux du magazine qu'elle lisait avec attention. Aujourd'hui, ses paupières étaient sublimées d'un trait d'eyeliner noir et d'un fard à paupière pailleté, digne des soirées les plus glamours de la capitale. Maude soupira. Le prix de ce maquillage devait équivaloir à une semaine de travail. Devant sa mère, l'article tablait en gros titre « Un vaccin, cadeau du ciel ! ». Des traits de stylo soulignaient l'importance accordé aux explications de ce tabloïd. Adriana suivit le regard dégoûté de sa fille.

— Tu sais, je vais bientôt devenir la risée du quartier si nous ne nous faisons pas vacciner, se plaignit-elle.

— Maman, nous avons déjà eu cette conversation des milliers de fois. Ce vaccin est seulement en vente depuis 5 jours, et il est hors de question que nous suivions l'exemple de ces désespérés.

— Ils ne sont pas désespérés, ce sont des personnes intelligentes qui suivent les conseils de notre bon gouvernement, s'obstina Adriana. Ils sont déjà heureux, et moi je reste misérablement humaine.

— Maman ! Tu ne vas pas devenir un super héros si tu te fais vacciner. Et depuis quand défends-tu les décisions de notre gouvernement ?

Adriana hoqueta, comme si l'accusation la choquait et la touchait personnellement. Maude secoua la tête et referma la porte. Elle se demandait encore pourquoi elle tentait inutilement de sauver sa mère. Son quotidien deviendrait sûrement plus vivable si Adriana se faisait vacciner. Plus de cris, plus de jugements. Sa mère serait plus apaisée, plus douce et sûrement plus tolérante. Mais voilà, la famille restait la famille, et Maude avait promis à sa petite sœur de les protéger toutes les trois.

La ville n'était déjà plus la même. Depuis quatre jours, seuls de rares klaxons résonnaient encore dans les rues bouchées de Certy. La queue à la boulangerie se faisait paisiblement et les ragots tarissaient. Les conversations tournaient autour d'un seul sujet : la vaccination. Ceux qui l'avait réalisé expliquaient patiemment aux retardataires les bienfaits de l'injection. Maude avait écouté avec intérêt les premiers retours. Les personnes se disaient moins stressées, plus posées et appréciaient davantage les plaisirs simples que la vie leur procurait : leur petit-déjeuner de pain beurré, la marche jusqu'à leur bureau, le confort de leur canapé. Ils reliaient l'absence de frustration à du bonheur. Leur travail ennuyeux était devenu confortable et les disputes dans leur couple avaient miraculeusement disparues. Leur quotidien était devenu simple et monotone mais cette inertie était nommée « quiétude ».

La veille, Maude avait vainement tenté de débattre avec une habitante vaccinée de l'utilité et la dangerosité du vaccin. La discussion avait rapidement tourné en rond. La cliente était incapable de comprendre pourquoi la jeune femme s'inquiétait tant, la peur lui étant devenu un concept abstrait. Ses explications étaient restées désespérément théoriques, et sa théorie était uniquement basée sur le discours retransmis par les médias, heure après heure.

Maude posa une dernière boîte de conserve et s'essuya le front. L'après-midi touchait à sa fin, tout comme son travail. Elle avait hâte de retrouver Clara pour l'écouter innocemment raconter sa journée de cours.

La jeune femme partit d'un pas lourd rejoindre la réserve pour ôter son uniforme. Ce n'est qu'une fois la porte refermée qu'elle s'aperçut qu'elle n'était pas seule. Fredis se tenait de dos, remplissant un formulaire de commande. Sa femme avait dû le remplacer à la caisse sans qu'elle ne s'en aperçoive. C'était bien sa veine, se retrouver coincer dans un espace confiné avec son patron. Déjà une odeur de sueur lui chatouilla les narines. Maude tenta de rouvrir discrètement la porte mais la poignée actionnée claqua dans le silence. Fredis se retourna. La sombre luminosité de la pièce l'empêcha d'apercevoir son visage.

— Maude, ma belle, c'est toi ? demanda-t-il de sa voix graveleuse.

– Oui, j'ai terminé ma journée. Tous les produits sont en rayon, répondit-elle prudemment.

– Bien, c'est bien. J'avais affirmé à ma femme que tu ferais du bon boulot, elle ne voulait pas me croire. Il faut dire qu'elle ne me croit plus sur beaucoup de choses aujourd'hui. Mais viens, approche. Je vais t'aider à dégrafer ton uniforme.

– C'est gentil, mais je préfèrerais me changer seule.

– Ne fais pas ta timorée, je sais que la fermeture bloque dans le dos. Je l'ai retiré à ma femme une centaine de fois… Je te la décoince et je m'éclipse.

Maude acquiesça sans conviction. Elle avança prudemment vers Fredis, enjambant une palette en bois qui trainait sur le sol de béton de la réserve. Elle pivota lentement pour lui exposer la fermeture de son vieil uniforme. Le gérant de la supérette se colla à elle. Il portait un pull marron trop serré qui soulignait son ventre proéminent.

– Tu sais, continua Fredis sous le ton de la confidence, nous avons choisi de franchir le pas avec ma femme. Demain, nous allons nous faire vacciner. C'est excitant, non ? Je serais un autre homme, heureux en ménage. Enfin ça, c'est ce qu'ils annoncent mais il y a sacrément du travail !

Maude se tenait immobile sans oser répondre. Les mains de Fredis se posèrent sur ses épaules et il fit mine de chercher l'attache en laissant trainer ses doigts sur son cou.

– Ce sera la dernière fois que tu me verras ainsi, ajouta-t-il comme s'il attendait une réaction de sa part. Tu vois, ma belle, il y a encore quelques petits plaisirs que j'aimerais m'accorder avant de rejoindre cette « plénitude » générale.

Fredis fit lentement glisser la fermeture de l'uniforme dans le dos de Maude. Sa respiration saccadée piquait le cou de la jeune femme. Son haleine était un mélange de bière et de dentifrice, comme s'il avait tenté de se rendre présentable quelques minutes plus tôt. Ce qui n'avait rien de rassurant. Ses mains s'attardèrent sur ses hanches et il exerça une pression volontaire sur son corps. Maude était prisonnière ; elle ne parviendrait plus à se dégager. Elle était trop proche, elle s'était faite piéger. Elle s'imagina un instant crier mais la réserve était suffisamment insonorisée pour que la manutention des cartons ne gêne pas la clientèle. Personne ne l'entendrait.

Il ne lui restait qu'une solution.

La jeune femme pivota sur elle-même et serra Fredis dans ses bras. L'excitation de l'homme avait rendu son pull moite et Maude dû prendre sur elle pour ne pas frissonner de dégout.

— Fredis, quelle nouvelle merveilleuse ! s'exclama-t-elle avec un enthousiasme forcé. Tu mérites le bonheur, tu as été un vrai père pour moi. Quand j'en ai eu besoin, tu as su me protéger contre la malversation de ce monde, où la femme est si faible et si vulnérable aux envies des hommes. Tu m'as protégé et tu m'as fait grandir. Je ne te remercierais jamais assez ! Je suis heureuse que tu franchisses ce pas avec ta femme, vous allez de nouveau former ce couple idyllique qui me rendait si envieuse quand j'étais petite. Tu devrais demander à ma mère, je lui ai toujours dit que je rêvais de trouver un homme qui saurait aussi bien m'aimer que tu aimes ta femme. Un homme qui saurait me défendre contre les abus et les injustices. Un homme qui me protégerait jusqu'au mariage. N'est-ce pas ce que tu me souhaites aussi ?

Fredis marmonna un inaudible acquiescement, pris au dépourvu. Son étreinte se desserra légèrement ; Maude expira.

– J'en étais sûre ! Tu es le meilleur, je savais que tu comprendrais, ajouta-t-elle avec un entrain feint. Merci de m'avoir écouté ; maintenant que mon père n'est plus là, j'avais besoin de sentir une présence paternelle à mes côtés.

Maude lui planta un baiser sur sa joue collante ce qui finit de le déstabiliser. Le gérant de la supérette laissa retomber ses bras contre ses flancs et grommela un faible « de rien ». La jeune femme en profita pour s'écarter de lui. En quelques mouvement, elle fit glisser le reste de son uniforme au sol, sauta à côté et s'empara de son sac à main.

– Au revoir Fredis ! lança-t-elle avec un sourire crispé.

Maude s'échappa de la réserve et bondit vers la sortie de la boutique. Son cœur tambourinait effroyablement dans sa poitrine et ses mains tremblaient. Quel monde de taré.

La jeune femme décida de marcher jusqu'au collège pour retrouver son calme. Petit à petit, son rythme cardiaque ralentit et sa respiration se fit plus régulière. Les grilles de l'établissement accueillirent une Maude impassible. Elle avait beaucoup de souvenirs rattachés à ce lieu : sa première cigarette, son premier flirt, sa première rupture, une dispute avec sa meilleure amie, un renvoi de classe injustifié, une chute qui lui avait valu les rires de ses camarades durant une semaine. Pourquoi se souvenait-on plus facilement des mauvais moments plutôt que des bons ? Etait-ce un système d'auto-défense qui permettait de ne jamais oublier pour ne jamais reproduire ? Finalement, les rires s'échappaient de notre mémoire et les coups s'ancraient dans notre peau.

La sonnerie retentit à l'intérieur du collège, entrainant un flot instantané d'élèves. Maude guetta parmi la multitude de visages fermés les yeux pétillants de sa petite sœur. Les cheveux bruns, blonds, bleus ou violets créaient une marée arc-en-ciel qui s'échappaient de l'école pour aller s'abrutir devant des shows télévisés. La cohue était étrangement silencieuse ; chacun marchait sans se soucier des autres dans un désordre ordonné. Clara apparut au bout de quelques minutes derrière une masse de cheveux frisés. Maude fit signe à sa sœur qui obliqua dans sa direction.

– Bonjour ma belle, la salua la jeune femme. Tu as passé une bonne journée ?

– Non, déclara sans ombrage Clara.

Maude ravala ses propres sentiments et mis en sourdine son envie d'un badinage innocent. Elle passa le bras autour des frêles épaules de sa petite sœur.

– Ah bon, et pourquoi ça ? Raconte-moi.

– Je suis la seule de ma classe à ne pas être vaccinée. Tous les autres ont franchi le cap.

– C'est que tu es la plus intelligente, la plus forte et la moins influençable, expliqua gentiment Maude.

Sa petite sœur lui jeta un regard dédaigneux.

– Ça, je le sais. Je ne veux pas de cette injection idiote, jamais. Tous mes amis n'ont plus rien à faire de moi. Ils n'ont plus rien à faire d'eux-mêmes ! ajouta-t-elle furieusement. C'est vrai que depuis une semaine, tous les collégiens sont sages en cours. Tout le monde écoute. La moyenne a augmenté : les mauvais élèves sont devenus attentifs et obéissants. Mais tu sais quoi ? Les très bons élèves ont aussi disparu ; ils sont devenus moyens comme le reste de la classe. Alors oui, comme les mauvais élèves sont plus nombreux que les bons, la moyenne a augmenté. Mais plus personne n'est là pour tirer la classe vers le haut. Pour poser des questions hors-programmes mais si intéressantes ! Pour vouloir changer les choses. Pour annoncer son point de vue, même si ce n'est pas celui du livre.

Maude écoutait sa petite sœur sans savoir comment réagir. Elle avait imaginé que l'éducation serait un des seuls aspects positifs de l'injection. Plus appliqués en cours, les élèves auraient assimilés plus vite et plus efficacement les connaissances.

– C'est grave, poursuivit Clara. Nous n'avons aucune chance avec cette génération éteinte. Qui fera de nouvelles découvertes si la curiosité n'existe plus ? Qui cherchera à améliorer notre monde si la médiocrité leur convient ?

Clara s'arrêta et leva des yeux graves et tristes vers Maude.

– Qui inventera un contre-vaccin ?

La jeune femme prit sa petite sœur dans les bras et la serra très fort contre elle.

Oui, qui ?

Maude cauchemarda toute la nuit. Elle rêva des grosses mains moites et molles de Fredis sur son corps. Elle rêva que Clara décidait de remédier au vaccin et tuait tous ses camarades de classe. Elle rêva que sa mère, devenue présidente de la république, vaccinait les réfractaires sur la place publique de Certy sous le regard inerte de la population. Elle rêva du souffle nauséabond de Fredis le long de sa gorge jusqu'à sa poitrine. Elle rêva qu'elle fuyait, qu'elle courait à perte haleine, mais que le paysage autour d'elle ne changeait pas. Elle rêva qu'elle était seule, recroquevillée dans une cellule, seulement habillée de l'uniforme de la supérette et le visage noyé de larmes. Elle rêva de Fredis qui caressait la douce joue de sa petite sœur avec un sourire malsain. Elle se réveilla.

Maude se redressa sur son lit en haletant. Elle était en sueur ; le lit était trempé autour d'elle. Elle avait pourtant si froid. Elle était fatiguée - tellement fatiguée -, mais elle ne voulait plus fermer les yeux. L'image de Clara entre les sales mains de Fredis tournait dans sa tête et son cœur se souleva. Pris de nausée, la jeune femme se leva et courut dans la petite salle de bain qui jouxtait sa chambre. Accrochée au battant des toilettes, elle vomit son dégoût pour le monde. Elle resta un moment penchée sur les WC, les cheveux défaits et emmêlés autour de son visage, le souffle court. Au bout de quelques minutes, les soubresauts qui secouaient son estomac se calmèrent.

Maude se redressa. Elle tremblait dans sa nuisette, sans avoir le courage d'aller chercher un pull à enfiler. Jetant un coup d'œil exténué autour d'elle, la jeune femme s'empara d'une serviette et la drapa en guise de châle. Elle se passa un peu d'eau froide sur le visage et releva la tête pour faire face au miroir. Ses yeux étaient cernés ; deux grosses poches marrons marquaient son épuisement et son anxiété. Ses joues étaient pâles et ses lèvres blanches. La jeune femme eu un rictus ironique. Elle s'était trompée de soir, ce n'était pas Halloween. Elle ressemblait à un mort-vivant.

Maude jeta un coup d'œil à sa montre et vit 5:54 s'afficher avec désespoir. A pas lents, elle sortit de la salle de bain et descendit les marches qui menaient au salon. La jeune femme se laissa choir sur le canapé et s'empara du plaid qui trainait sur un accoudoir pour s'envelopper dedans. L'esprit embrumé, elle saisit la télécommande et appuya machinalement sur une des chaînes. Les informations nationales grondèrent subitement dans la pièce. Maude baissa précipitamment le volume avant de se laisser captiver par les images qui défilaient devant elle. Le journal télévisé faisait état des derniers évènements, d'une voix plate et monotone. Le constat était sans appel ; il n'y avait plus d'homicides, plus d'attentats, plus de voitures piégées. Les désordres financiers, les scandales alimentaires, les esclandres politiques... Tout avait disparu. Au contraire, le présentateur exposait des créations d'entreprises, la reprise des mariages et la propreté retrouvée des villes. Pourtant, les yeux des interviewés ne contenaient aucune étincelle de vie. Les nouveaux couples n'avaient plus de véritables projets, seulement celui d'habiter ensemble pour un confort matériel. Les rues étaient propres mais désespérément vides.

Maude zappa.

Les clips musicaux se mirent à chanter dans le salon, apportant un peu de chaleur et de lumière dans la pièce. Pas une chanson ne lui était inconnue. Rihanna succéda à Madonna, elle-même supplanté par Keen'v puis Coldplay. Y avait-il encore quelqu'un pour ressentir le besoin de créer ? De s'exprimer ? De partager ses sentiments ? La création artistique était anesthésiée par la vaccination. Endormie. Oubliée.

Les premières notes de la chanson « Perfect » de Simple Plan résonnèrent et Maude frissonna. Les paroles semblaient lui être directement adressées. « *Hey dad look at me, think back and talk to me. Did I grow up according to plan ? Do you think I'm wasting my time doing things I wanna do ? 'Cuz it hurts when you disapprove all along* ». La jeune femme serra un peu plus fort un pan du plaid contre elle. Les larmes commencèrent silencieusement à couler le long de ses joues. « *And now I try hard to make it. I just want to make you proud. I'm never gonna be good enough for you. I can't pretend that I'm all right and you can't change me* ».

Ses larmes ne tarissaient pas et cascadaient sur sa peau. Maude renifla et tenta de sécher d'un revers de main ses joues mouillées. Pour la première fois depuis le divorce de ses parents, elle pleurait la perte de son père. Son chagrin se déversait hors d'elle sans qu'elle ne puisse plus le contrôler. Elle pleurait l'absence continuelle de son père dans sa vie, puis sa lâche fuite qui l'avait laissé seule gérer une situation d'adulte. Maude avait envie de s'époumoner qu'elle n'était pas prête, qu'elle n'était qu'une adolescente comme les autres qui n'aspirait qu'à voir ses rêves s'accomplirent. Il l'avait abandonné.

Ne l'avait-il jamais aimé ?

Elle avait tant besoin d'une épaule rassurante. Où était-il maintenant ? Reviendrait-il un jour s'excuser d'être parti ?

« 'Cuz we lost it all nothing last for ever, I'm sorry I can't be perfect. Now it's just too late. »

Elle n'était pas parfaite, c'était vrai, mais elle faisait de son mieux. Etait-ce trop demandé d'obtenir un soupçon de reconnaissance pour les sacrifices qu'elle avait accompli ? Personne ne la comprenait. Sa mère habitait sur Vénus, très loin de sa propre planète. Une terre où maquillage, rumeurs et apparences étaient les maîtres mots. Pourtant, qu'aurait donné Maude pour qu'Adriana la prenne dans ses bras et la serre contre elle. Lui dise qu'elle l'aimait. Qu'elle était fière et heureuse de l'avoir comme fille.

Maude éteint la télévision d'un geste las.

Elle était aussi seule dans ce salon que dans sa vie ; nulle ne se lèverait pour venir la rassurer et lui dire que tout ceci n'était qu'un long cauchemar.

Après d'interminables minutes de silence, Maude trouva la force de se lever. Machinalement, elle réalisa une rapide toilette et s'habilla avec les premiers vêtements trouvés. La jeune femme se rendit dans leur spacieuse cuisine en étouffant un nouveau bâillement. Elle sortit un café soluble de mauvaise qualité et fit chauffer de l'eau dans une bouilloire. Une fois préparé, elle but son café à petites gorgées, laissant le liquide brûlant apporter un peu de chaleur à son corps. Le goût amer de la boisson piquait ses papilles sans que Maude n'en ai cure. Elle avait besoin d'un remontant.

Maude regarda une nouvelle fois sa montre qui afficha 7:05. Sa sœur allait bientôt se lever. Leur mère ne se réveillerait pas avant plusieurs heures, lorsque la matinée toucherait à sa fin.

Etant déjà prête au travail, Maude décida d'attendre sa sœur en lui préparant le petit-déjeuner. La jeune femme farfouilla dans le congélateur jusqu'à sortir un paquet de croissants surgelés dont raffolait leur mère. Maude n'avait pas le courage d'affronter le monde extérieur en se rendant à la boulangerie. Elle ouvrit le four et glissa les croissants sur une plaque. Elle activa la minuterie pour sonner quinze minutes plus tard et en profita pour sortir le lait, le jus d'orange et les confitures du placard. La jeune femme les disposa sur la vieille table en bois de manière à rendre le lieu accueillant. Une bonne odeur de biscuit envahit la pièce pendant que les croissants cuisaient. Une fois prêts, Maude disposa les viennoiseries dans un panier qu'elle posa sur la table.

Des pas résonnèrent dans les escaliers puis dans le couloir. La porte de la cuisine grinça en s'ouvrant. Le visage de Clara apparut, fatigué et fermé. Son pyjama à carreaux verts était froissé et ses cheveux en désordre. Sa sœur traina les pieds jusqu'à une chaise et se laissa choir dessus.

– J'ai fait des cauchemars, prononça-t-elle d'une voix atone.

Maude s'approcha de sa petite sœur et lui posa une main sur l'épaule.

– Moi aussi, ça arrive. Ça ira mieux demain, tenta-t-elle de la rassurer.

Clara se dégagea de sa sœur et lui tourna le dos en s'emparant d'un croissant chaud.

– Si tu es assez bête pour le croire… On finira tous vaccinés de force, furent ses seules paroles avant de s'enfermer dans le mutisme.

Maude eut envie de hurler. Les larmes lui piquèrent les yeux, invisibles à sa sœur qui fixait avec obstination son verre de jus d'orange. Croyait-elle qu'elle n'était pas aussi morte de peur qu'elle ? Ne s'apercevait-elle pas comme elle était privilégiée d'être protégée, d'être écartée de certaines réalités du monde ? C'était elle qui travaillait, qui subissait les assauts de Fredis. C'était elle qui avait dû rentrer et abandonner ses études et ses amis. C'était elle qui s'opposait à leur mère et lui tenait tête. Et c'était encore elle qui avait préparé ce petit-déjeuner !

Clara engloutit la dernière bouchée de son croissant et recula sa chaise qui rappa le parquet. Elle se leva et, sans un regard pour sa sœur, sortit de la cuisine. Maude se retrouva debout au centre de la pièce, les bras ballants. Son souffle irrégulier remplissait un silence pesant. Elle n'avait recueilli aucun remerciement. Aucun sourire. Aucune reconnaissance. Une larme glissa lentement de sa joue à son menton. Ses entrailles formaient un nœud compact qui lui donnait envie de se recroqueviller sur elle-même. Seule sa torpeur la retenait sur ses jambes. Puis soudain, sans un cri, la jeune femme s'empara du verre de sa sœur et le jeta de toutes ses forces contre le mur. Le gobelet vola en éclat dans un bruit assourdissant et s'éparpilla en mille morceaux par terre, provoquant d'infinis cliquetis. La jeune femme éclata en sanglots. Les bouts de verre étaient l'exact reflet de son cœur : brisé, coupant, transparent. Malgré le vacarme provoqué, sa petite sœur n'accourut pas voir ce qui s'était passé. Sa mère ne se réveilla pas pour s'inquiéter du bruit. Maude était seule, comme toujours.

Avec des gestes chancelants, la jeune femme s'empara de la balayette rangée dans l'armoire prêt du four et se mit à balayer les bouts de verre. Ses larmes se tarirent progressivement tandis que sa pelle se remplissait d'éclats tranchants.

De nouveau impassible, Maude jeta le verre à la poubelle.

Avec ses sentiments.

La porte claqua derrière Clara, partie rejoindre son bus pour se rendre au collège. Maude s'empara de son propre sac et décida de marcher jusqu'à son travail. Les rues calmes ne parvenaient pas à distraire son esprit tourmenté. A chaque pas, une nouvelle inquiétude martelait sa respiration : l'idée d'apercevoir Fredis et de devoir lui parler se transformait peu à peu en une peur panique. La fatigue ne lui permettait pas de prendre du recul ; elle se sentait faible et perdue. Et si Fredis n'avait pas été vacciné par sa femme ? Et s'il l'attendait de pied ferme dans la réserve, comprenant qu'il avait été manipulé la veille ? Son allure ralentit. Pourquoi ne pouvait-elle pas quitter ce boulot sans avenir ? Fuir loin de cette horrible supérette ? Le vaccin lui avait coupé toute retraite. La jeune femme s'était sentie emprisonnée lorsqu'elle était revenue habiter chez sa mère. Aujourd'hui, elle était poing et pied liés. Ses amis n'existaient plus, faisant disparaître l'idée d'un retour au bonheur. Elle avait reçu un à un des messages lui apprenant qu'ils avaient franchi le cap, qu'ils s'étaient injectés le miracle en eux. Bande de fous naïfs. Convaincus d'agir au mieux, pour la prospérité de l'humanité. Mais qui était fou finalement ? Eux ou elle, se rendant seule et à reculons dans un lieu où on avait voulu l'attoucher ?

Sa famille avait besoin d'argent. Vendredi dernier, un nouveau rappel d'impayé avait détruit ses espoirs d'échapper à sa vie monotone. Maude n'avait aucun diplôme et elle savait que dans le contexte économique actuel, vaccination ou non, personne n'aurait de place pour l'embaucher. Le problème avait tourné et tourné dans sa tête sans qu'elle ne parvienne à trouver une solution. Forcée, elle continuait d'avancer mécaniquement vers la supérette, le cœur menaçant d'exploser.

Ce fut au détour d'une rue qu'elle l'aperçut : un corps immobile, désarticulé sur la chaussée. Un jeune homme blond, cheveux courts, manteau noir, était étendu sur le bitume sans bouger. Sa respiration marqua un temps. Sans hésiter, Maude courut vers lui et s'arrêta quelques mètres avant. Une tâche rouge colorait l'arrière de son crâne. La jeune femme se détourna, le souffle court. Un accident avait dû se produire, une voiture avait dû renverser cet homme. Elle devait agir ! Maude rechercha avec empressement son portable pour prévenir les secours. Rien dans ses poches avant, rien dans ses poches arrières. Ce n'était pas possible ! Elle n'avait pas pu oublier son portable aujourd'hui ! Après un dernier regard sur le corps inerte, la jeune femme courut jusqu'à la boutique la plus proche. Pourquoi personne ne s'arrêtait-il ? Il allait mourir ! Que pouvait-elle faire ? Tremblante, elle poussa la porte d'entrée d'une assurance.

    – Il faut prévenir les urgences, il y a un blessé ! cria-t-elle paniquée.

    Une femme d'âge mûre leva la tête de son registre. Elle posa son stylo et remonta une paire de lunettes rondes sur ses yeux éteints.

    – Plait-il ?

    – Un homme, immobile sur la chaussée, il y a du sang... C'est grave, appelez les secours ! répéta Maude avec hâte.

    – Ah lui ? Le SAMU a été prévenu. Il a été dit de ne pas toucher le corps pour ne pas provoquer d'hémorragie. Nous l'avons donc laissé sur place en disposant des triangles de sécurité autour. Ne les avez-vous pas vu ? prononça-t-elle sans émotion. Tenez, les urgences sont arrivées.

    Sous le choc, Maude tourna la tête et vit une civière emporter l'homme blessé et le charger à l'arrière d'un camion. Le véhicule du SAMU actionna son gyrophare et redémarra. Sans intérêt pour l'opération, la dame de l'assurance s'était repenchée sur ses dossiers. Comme dans un rêve, Maude recula pas à pas vers la sortie et poussa la porte. Une fois dehors, elle resta figée, vacillante sur des jambes faibles. L'adrénaline la quittait peu à peu et la laissait vide sur le trottoir. Alors ce serait ça le monde de demain ? Un monde d'indifférence où serait réalisé le minimum ? Où les règles seraient suivies sans initiative et humanisme ? Où des triangles de sécurité suffiraient à rassurer les passants sur la prise en charge d'un mourant ? Alors oui, avant d'être vaccinés, les curieux auraient ralenti pour comprendre ce qui se passait et peu auraient réellement agi ; mais tout un groupe se serait arrêté pour soutenir le blessé. Pour lui parler. Pour attendre le SAMU et leur répéter ce qui s'était déroulé, même si cela avait déjà été fait.

L'humanité était morte. L'homme ne valait pas mieux qu'une machine.

Le reste du trajet se fit dans un brouillard épais. Maude parvient à la supérette sans s'en rendre compte et leva la main avec détachement pour actionner la poignée. Au dernier moment, un clignotement dans la rue attira son œil. Mécaniquement, elle laissa retomber son bras et se dirigea vers la source de la lumière. La jeune femme ne ressentait plus rien. Fredis, sa mère, les cauchemars, Clara, les informations télévisées, l'accident… C'était trop pour elle. Elle ne pouvait pas résoudre les dysfonctionnements d'un monde entier. Elle n'était pas assez forte.

Le clignotement se rapprochait, elle n'avait plus qu'à pousser la porte.

Maude entra.

Et ressortit de la pharmacie, un vaccin entre ses doigts.

3.

« Impose ta chance, serre ton bonheur et va vers ton risque. A te regarder ils s'habitueront »
René Char

Maude déposa une nouvelle boîte de conserve sur l'étagère métallique de la supérette. Clac. Haricots verts et carottes du jardin. Ah ! Elle n'aurait pas appelé « jardin » l'immense champ mêlé de pesticides où avaient dus grandir ces légumes. Clac. Une autre boîte. Ratatouille maison et son mélange printanier. Toujours plus de mensonges ! Ce n'était qu'une bouillie de légumes et sa compotée ramassée. Clac. Terrine de faisan en conserve. De pauvres animaux tués dans le seul but d'être transformés en pâté et étalés sur une tranche de pain. Clac. Des miettes de thon. Ou comment exterminer une espèce en voie de disparition.

Maude était de mauvaise humeur. Cela faisait cinq jours qu'elle détenait le vaccin, précieusement rangé dans son sac à main. Elle ne s'était pas résolue à franchir le pas. Chaque soir, le visage triste et décidé de Clara l'empêchait de commettre l'irréparable tandis qu'une énième longue et plaintive litanie de sa mère au téléphone lui mettait les nerfs à vif. Plusieurs fois, la jeune femme s'était emparée de la seringue pour l'approcher à quelques millimètres de sa peau. Elle avait remonté sa manche et avait effleuré le contour d'une veine. Ses mains tremblantes n'avaient jamais actionné la pipette. Un espoir, un remord, la peur... Les émotions se bousculaient en elle et l'empêchaient de prendre une décision claire et réfléchie. La jeune femme préférait reporter le geste fatidique. Lâchement.

— Bonjour madame Dutrand, les pommes sont à l'entrée du magasin, pas près de la caisse. Mais de rien, passez une bonne journée.

— Non monsieur Rader, ce sont des mouchoirs, pas du papier-toilette. Il faut aller dans le rayon salle de bain pour le trouver.

— Salut Lydia, ton épaule va mieux ? Les épices ? Juste à ta droite, en bas. Attends, je te les attrape.

— Bonjour madame Cristy, je peux vous aider ? Non ? Surtout, ignorez-moi bien, marmonna-t-elle en posant une nouvelle conserve.

Clac. Clac. Clac. Sa vie était passionnante.

— S'il-vous-plaît ? prononça une voix derrière elle.

Maude se retourna une énième fois.

— Les légumes sont à l'entrée, les conserves dans ce rayon et tout ce qui est affaires de toilette dans le rayon suivant, énonça-t-elle avec lassitude avant de lever les yeux vers son interlocuteur.

Des yeux marrons sombres. Très sombres. Un sourire désabusé. Un visage agréable. Des cheveux bruns en bataille. Un manteau en cuir noir. Le cœur de la jeune femme manqua un battement et sa bouche s'entrouvrit bêtement.

— Ce ne sont pas les produits qui m'intéressent, reprit la voix de Nathan sans s'être départie de ses inflexions chaudes et ironiques.

— Toi ! prononça gauchement Maude.

— Tu attendais quelqu'un d'autre ?

– Personne à vrai dire. Je n'attends plus personne depuis longtemps.

– Eh bien, je vois que la bonne humeur règne ici !

– Tu veux prendre ma place ? répliqua-t-elle. Tu verras, c'est l'éclate totale. Entre un boulot enrichissant et stimulant, des clients prévenants et un patron instruit, je recommande.

– Pars. Que fais-tu encore ici à placer des conserves sur une étagère si tu détestes ce travail ? A ton humeur massacrante, je peux dire que tu n'es pas vaccinée. Tu es donc libre de réaliser tes propres choix. Pars.

– Oh, quelle bonne idée ! Pourquoi n'y ai-je pas pensé avant ? Merci d'être venu là pour m'éclairer !

Maude s'empara d'une conserve et la posa sèchement dans le rayonnage. Nathan ne se cacha pas pour observer la jeune femme.

– D'accord, je m'y suis mal pris. Si tu es là, c'est que tu as une bonne raison. Viens avec moi. Juste aujourd'hui.

– Je ne peux pas, répondit avec lassitude la jeune femme. On compte sur moi.

– Dis à ton patron que tu ne te sens pas bien. Ou mieux, ne lui dit rien. Tu lui expliqueras demain que tu t'es sentie nauséeuse. Je l'ai vu, ses yeux sont vides. L'intérêt d'un mensonge n'a plus de signification pour lui. Quoique tu lui dises, il te croira. Viens !

La jeune femme croisa les bras sur son uniforme kaki. Elle fronça les sourcils, exaspérée d'être incapable de le rembarrer sans hésitation.

– Je ne te connais pas.

– Pas encore. Mais tu en as envie, non ?

— Modeste en plus de ça ! ironisa-t-elle.

— Je plaisante, répliqua-t-il avec un sourire. Tout ce que je sais, c'est que j'ai été surpris de te trouver ici. Surpris et heureux. J'avais envie de te parler.

Comme Maude ne disait rien, le jeune homme s'approcha d'elle. Nathan fit mine de réfléchir tout en s'emparant d'une boîte de conserve qui rejoignit ses congénères sur l'étagère.

— Mmmh, soyons fous, reprit-il, nous sommes jeunes… Je t'emmène au musée !

Maude ne put s'empêcher de pouffer. Ce devait être ses nerfs qui lâchaient.

— Alors là, je suis convaincue ! railla-t-elle. Que fais-je encore dans cette tenue ? Vite, mon manteau !

— Donc c'est oui ?

— Tu es sérieux ?

— Une raison culturelle de rater une journée de travail, n'est-ce pas la meilleure excuse possible ? Viens !

Sans qu'elle ne le réalise vraiment, Maude se retrouva dans la rue à suivre Nathan, son manteau sur le dos. Tout était la faute de ces yeux sombres et de ce sourire charmeur ; ils ne se battaient pas à armes égales !

L'après-midi était ensoleillé et Maude appréciait les rayons du jour qui réchauffait son visage. Elle marchait derrière Nathan, la tête renversée vers le ciel et un sourire apaisé au visage. Qu'il était bon de se laisser aller. D'accepter de lâcher prise quelques heures. De se faire plaisir. Elle ne se rappelait plus la dernière folie qu'elle s'était accordée. Pendant ses études d'infirmière, elle était pourtant l'un des boute-en-train de la bande, toujours prête à se laisser entraîner dans des aventures farfelues. Il fallait croire qu'elle n'avait pas changé sous ses apparences de mère avant l'heure.

Au détour d'une nouvelle ruelle, Nathan s'arrêta devant un porche en pierre où était fièrement accroché un écriteau indiquant le nom du musée. La bâtisse comptait une centaine d'années et ses briques massives lui donnait un air de demeure seigneuriale. Avec un grand sourire, il lui indiqua :

— Bienvenue au musée de la chasse et de la nature !

Maude resta un moment interdite devant l'entrée avant d'éclater de rire. Une chouette empaillée accueillait les visiteurs, posée sagement derrière la vitre d'une fenêtre. Elle avait le même air ahuri qu'elle. La jeune femme s'essuya les yeux, ne parvenant pas à s'arrêter de rire. Sans se démonter, Nathan poussa la porte et esquiva une courbette.

— Souhaitez-vous entrer, charmante demoiselle ?

— Je ne raterais ça pour rien au monde !

L'après-midi fila plus vite qu'un faucon sur sa proie. L'ameublement en bois du premier étage du musée replongeait les visiteurs dans une ambiance de cabinet de chasse. Sur leur gauche, des trophées étaient suspendus à des crochets aux côtés de fusils et d'arbalètes. De grandes tapisseries décoraient les pans droits des murs, représentant tour à tour un safari en Afrique, une battue aux sangliers et une chasse à courre. Devant ces grands tableaux, Nathan et Maude jouèrent au jeu enfantin du « Le premier qui trouve … a gagné ». Plusieurs fois, l'agent de sécurité leur lança un regard noir car leurs exclamations empressées perçaient le silence de la pièce.

Le deuxième étage du musée se composait d'une immense galerie tamisée où étaient répartis des centaines d'animaux empaillés. Dans un désordre le plus complet, un ours brun faisait face à un éléphant, lui-même suivi de petits chacals et d'un tapir. A côté d'eux, une famille de léopards semblait se promener derrière un rhinocéros qui dissimulait un crocodile accompagné de marmottes. Une partie de cache-cache débuta spontanément, ponctuée de rires étouffés. Maude se fit surprendre derrière un mulet et leurs mains s'accrochèrent au passage. La girafe dévoila les pieds de Nathan qui se fit coincé par la jeune femme. Leurs yeux s'attardèrent quelques instants de trop l'un sur l'autre. Les deux jeunes gens voulurent se cacher derrière le même hippopotame et sursautèrent quand leur dos se rencontrèrent. Un nouvel éclat de rire ponctua l'action. L'agent de sécurité, beaucoup moins patient que son collègue du premier étage, vint rapidement leur tapoter l'épaule pour leur demander d'être plus respectueux du lieu et des visiteurs. Nathan jeta un coup d'œil surpris à la ronde ; pas un chat (sauf empaillés) ne peuplait la galerie. Prenant un air indigné, il offrit son bras à Maude et lança dédaigneusement :

— Venez ma chère, nous ne sommes plus les bienvenus ici.

Maude accepta son bras et releva le menton en passant devant l'agent de sécurité. Déconcerté, l'homme s'écarta de leur chemin avant de secouer la tête de dépit et de retourner s'asseoir sur sa chaise.

– Tu as encore le temps pour un café ? lui demande Nathan lorsqu'ils sortirent du musée.

La lumière du jour leur fit cligner des yeux. Maude leva son poignet pour lire sa montre. L'après-midi touchait à sa fin mais il restait quelques heures avant la nuit.

– Je n'ai plus de patron pour la journée, donc plus d'obligations, répondit-elle joyeusement. Je connais un salon de thé génial, je te guide ?

Le salon de thé était un ancien atelier d'artistes. Le lierre courait sur les murs et s'accrochait aux aspérités d'un mur mal cimenté. De petites tables rondes en métal étaient éparpillées devant l'entrée. Sur chacune d'elle, un ciel avait été peint et de petits pots de fleurs étaient disposés çà et là. La rue sur laquelle donnait le salon était calme et un grand marronnier promettait une ombre fraîche. Le lieu était propice à la flânerie et respirait la sérénité. Maude et Nathan s'assirent à une table et chacun commanda un thé accompagné d'une tartelette à la framboise.

– Merci, prononça soudainement la jeune femme.

Nathan lui jeta un regard interrogatif.

– Cela faisait longtemps que je ne m'étais plus sentie vivante. J'avais oublié ce que c'était de rire toute la journée. De refaire le monde à deux. D'être insouciants.

Nathan lui prit la main et la serra. A son contact, Maude ressentit une décharge électrique qu'elle enfouit aussitôt en elle. Son ventre était serré de bonheur.

— Nous vivons à une drôle d'époque, lui répondit le jeune homme. Qui aurait pu prévoir tout ça ? Les gens prêts à perdre leur humanité contre un peu de tranquillité... C'est tellement triste.

Il resserra ses doigts autour de sa main et la fixa dans les yeux.

— C'est tellement beau de vivre, de prendre des risques et de se laisser emporter.

Le cœur de Maude rata un battement. Mince, si elle continuait, elle allait finir avec le sourire débile des filles amoureuses. Elle inspira rapidement et parla comme si de rien n'était :

— Pourquoi es-tu aussi touché ? Je suis navrée de la bêtise humaine ; mais toi, tu es en colère. Ça se sent. Tu bouillonnes intérieurement dès que tu croises un vacciné.

Nathan se tut et son regard se perdit dans le vide. Maude se demanda si elle avait eu raison d'aborder le sujet. Quand finalement il releva la tête vers elle, il lui expliqua :

— Ma mère est malade. Très malade depuis des années. Je te passe le nom latin et imbuvable de son cancer ; mais en gros, elle peut mourir du jour au lendemain depuis 12 ans. Certains jours, elle peut se promener avec nous, recevoir des amis et vivre normalement. D'autres jours, elle est clouée au lit, paralysée. Mais tu vois, je ne l'ai jamais vu se plaindre. Même dans les pires moments, même quand elle l'a appris et que mon père s'écroulait de chagrin. Je l'ai toujours admirée.

Maude retenait son souffle. Elle ne s'était pas attendue à une telle confession. Elle serra sa main.

– Elle nous a toujours appris à profiter de chaque instant, reprit-il. Même du plus petit. Même dans les périodes difficiles. Elle nous répète toujours que la vie n'est pas parfaite, comme nous. Et que ce sont nos défauts qui nous rendent beaux, comme elle. Alors tu vois, ce vaccin je le vomis. Quand je vois le courage da ma mère qui a déjà supporté 12 années de souffrance sans jamais renoncer à vivre… Quand je l'entends dire que la vie vaut le coup d'être vécue, malgré son cancer… Quand je la vois lutter pour rester à nos côtés et nous voir grandir… Je vomis tous ces gens lâches qui préfèrent vivre à petit feu plutôt qu'avoir la force de changer les choses.

Le visage de Nathan s'était fermé et il pinçait les lèvres d'indignation. Son expression lui rappelait leur première rencontre quand, sans raison, il l'avait pris à partie dans la rue. Dire que s'il n'y avait pas eu ce chat, elle ne serait pas là à boire un thé. La vie était bizarrement fichue.

– On peut encore le changer ce monde, prononça-t-elle doucement. Etre heureux rien que pour donner l'exemple. Les rendre jaloux de notre bonne humeur, de notre folie et de notre confiance.

Nathan resta sans bouger. La jeune femme se demanda si elle utilisait les bons mots. Elle avait envie de le rassurer comme il l'avait si bien fait avec elle cet après-midi ; mais elle n'osa rien ajouter et but une gorgée de thé. Ces derniers temps, elle avait appris que le silence était parfois la meilleure conversation. Qu'il renfermait les doutes, les peurs, les colères mais aussi l'espoir et l'envie de tout bousculer. De donner un grand coup de balai dans tout ce bordel et d'y planter un arbre et de leur dire : « Vous êtes bien embêtés maintenant qu'il y a du beau ! Si vous le détruisez, ce sera consciemment. Vous ne pourrez plus dire que tout est moche et qu'il faut tout raser. Son âme est belle à lui, regardez-le. C'est mon arbre et vous ne pouvez pas le déraciner. ».

Soudainement, le jeune homme lâcha sa main et se leva. Sa chaise crissa sur le béton de la terrasse. Automatiquement, Maude fit de même.

– Tu pars ? lui demanda-t-elle, désappointée.

Sans répondre, Nathan franchit le pas qui les séparait ce qui fit reculer Maude. Le jeune homme la retint en glissant sa main derrière sa nuque. Doucement, sans la quitter des yeux, il s'approcha de sa bouche et s'empara de ses lèvres. Ce n'était pas un bisou d'au-revoir. C'était un vrai baiser rempli de promesses. De « Tu as raison, on va leur en faire voir de toutes les couleurs ». Le rythme cardiaque de Maude s'accéléra. Ses lèvres étaient chaudes sur les siennes ; sa main était ferme et décidée sur son cou.

– Je reviens te voler demain à la supérette, ok ? prononça Nathan quand enfin ils se séparèrent.

Maude sourit et lui répondit en se hissant sur la pointe des pieds et en l'embrassant.

Ça c'était de la réponse !

Il pouvait continuer à lui poser des questions.

Maude ne vit pas passer le chemin du retour. Elle volait dans un océan de nuages en forme d'étoiles et de poneys. Une vraie enfant. Ses pieds ne touchaient plus le bitume sale et triste de Certy mais dansaient à quelques millimètres du sol dans l'air du soir. La jeune femme avait remis ses écouteurs dans ses oreilles et la musique accompagnait sa joyeuse humeur. La voix de Coldplay clamait à présent dans ses tympans *« I feel my heart beating, I feel my heart beneath my skin. Oh, I can feel my heart beating cause you make me feel like I'm alive again »*. Sans se soucier des passants, Maude chantonnait les paroles dans la rue. Comment les gens pouvaient-ils vivre sans plus sentir leur âme en parfait accord avec une musique ? Sans plus être sensible au bouillonnement intérieur qu'il est possible d'éprouver en se sentant comprise d'un parfait inconnu qui, un jour, a enregistré une chanson dans un studio miteux ? *« If we've only got this life, then this adventure is more than I ; and if we've only got this life, you'll get me through »*. Elle n'avait rien à ajouter, tout était dit.

La jeune femme s'arrêta à quelques mètres de sa maison. La nuit était tombée et elle apercevait déjà les lumières allumées de la cuisine et du salon. Les poubelles étaient sagement sorties pour le ramassage du lendemain matin. Tout était calme, sauf dans ses oreilles où la musique s'évertuait à chanter le bonheur. Aujourd'hui, Maude se donnait le droit d'être naïve, utopique et d'espérer un avenir. Elle allait y croire. Elle allait se battre pour leur prouver à tous qu'ils avaient tort. Elle allait être heureuse. Forte de cette nouvelle résolution, la jeune femme fit glisser son sac-à-main de son épaule et farfouilla dedans. Ses doigts s'emparèrent de la petite boite en carton qui pesait tellement lourd sur son cœur ces derniers jours. Alors, sans plus hésiter, elle jeta le vaccin dans la poubelle la plus proche et s'éloigna rejoindre sa mère et sa sœur.

— Maude, c'est toi ?! héla la voix perçante de Clara dans le hall de la maison.

Des bruits de pas précipités suivirent ; Maude n'eut que le temps de refermer la porte avant que sa sœur ne se jeta dans ses bras.

— Eh bien, je ne savais pas que je te manquais à ce point ! lui dit-elle en plaisantant, ébouriffant ses cheveux au passage.

— Tu… Je… J'étais si… Tu étais où ?

La voix hachée de Clara surprit Maude. Elle lui releva la tête, enfouie dans son manteau. Ses yeux étaient rouges et des larmes perlaient à ses paupières.

— Ca va, ma belle ? lui demanda-t-elle soucieuse.

— Je… J'étais super inquiète ! J'ai tenté… Et rien ! Ton téléphone… Rien ! La supérette… Rien ! Alors moi… Moi… Moi, j'ai cru…

— Chuuut, prononça doucement Maude. C'est fini. Respire, et raconte-moi ce qui s'est passé.

Clara renifla et se détacha de sa sœur.

— Je suis sortie du collège… Je suis rentrée et t'étais pas là. J'ai tenté de t'appeler. Une fois, deux fois, trois fois… Tu réponds toujours ! Alors j'ai commencé à prendre peur. J'ai pris mon vélo… J'ai pédalé jusqu'à la supérette. J'ai demandé à Fredis où tu étais. Il m'a dit que tu étais malade et que tu étais rentrée chez toi. Sauf que moi… Moi je savais que tu n'y étais pas ! Alors je suis ressortie, et j'ai essayé de t'appeler de nouveau. Mais rien ! Je suis rentrée à la maison, maman était pas là. Toi non plus. Alors j'ai vraiment pris peur. J'ai cru que tu étais partie... Tu... Et peut-être... Peut-être que pire !

Clara hoquetait et les larmes se déversaient sur ses joues rebondies. Maude sortit discrètement son portable de la poche de son jean. 9 appels et 5 SMS apparurent sur l'écran, tous de Clara. Mince, elle s'était vraiment inquiétée ! La jeune femme prit sa petite sœur entre ses bras et la berça.

— Chuuut, lui chuchota-t-elle à l'oreille. Je suis là, vivante et en un seul morceau. Regarde, tu peux me toucher ! Ce n'est pas très musclé mais c'est quand même du solide, tenta-t-elle de plaisanter. Je suis désolée de t'avoir fait peur, ma lumière. Mon portable était sur silencieux et j'étais avec un... un ami.

Maude parvint à sortir un mouchoir de son sac-à-main qu'elle tendit à sa sœur. Clara se moucha bruyamment dedans. Elle s'essuya les yeux du revers de la manche.

— Là, là, c'est fini, lui répéta Maude en lui caressant les cheveux.

Les deux sœurs restèrent accrochées l'une à l'autre au milieu du hall d'entrée. Maude tapotait le dos de Clara et lui murmurait des paroles rassurantes. Elle l'entraîna doucement jusqu'au canapé du salon où elles s'assirent.

— Tu sais... sanglota Clara. Tu sais, le pire dans tout ça... Si t'étais vraiment partie... Si tu n'étais plus revenue... Si...

— Je suis là, maintenant. Tu n'as plus à avoir peur. Jamais je ne t'abandonnerais.

— Si... Si tu étais partie... Si...

— Je suis là, ma belle. C'est fini.

– C'est important Maude ! déclara Clara en reniflant. Si tu étais partie, je ne t'aurais jamais dit à qu'elle point je t'aime. Je t'aime, tu sais ? Et ça changera jamais ! Tu... C'est... C'est grâce toi. Grâce à toi que j'y crois. Tu es tellement forte ! Tu as réussi à t'en sortir malgré papa et maman. Moi... Je peux pas m'en sortir seule... Moi, j'ai besoin de toi !

Maude eut le souffle coupé. Lorsqu'elle était partie de la maison, deux ans plus tôt, elle n'avait plus eu de nouvelles. Ni de ses parents, ni de sa sœur. Elle en avait énormément souffert et le chagrin l'avait empêché de casser le mur qui s'était érigé entre elle et sa famille. Cette déclaration, c'était deux années de doutes. Deux ans pendant lesquels elle avait cru que sa sœur la détestait de l'avoir abandonnée dans ce foyer sans amour. Deux longues années de culpabilité.

Une larme solitaire coula sur la joue de Maude et vint s'écraser sur son sourire.

– Moi aussi je t'aime, petite sœur adorée !

Le bruit de la porte d'entrée, accompagné du rire d'Adriana, brisa l'instant magique. Ses talons martelèrent le sol carrelé du couloir pour s'arrêter dramatiquement à l'embouchure du salon. Les deux sœurs s'éloignèrent l'une de l'autre, comme pour protéger le moment qu'elles avaient vécu. Maude se releva.

– Bonjour Maman, tu rentres bien tard. Tu as passé une bonne journée ?

– Une iiincroyable journée ! J'ai une iiincroyable nouvelle à vous annoncer ! répondit-elle d'une voix trop aigue. Vous m'excuserez mes jolies, je l'ai déjà un peu fêtée avec la voisine.

Maude remarqua les joues rouges de sa mère, son air guilleret et sa position mal assurée qu'elle cachait par une pause aguicheuse contre le mur. Elle avait bu. Trop bu. Mais sa joyeuse humeur contrastait si fortement avec son aigreur habituelle que la jeune femme décida d'y faire abstraction.

— Et quelle est cette incroyable nouvelle ? s'intéressa-t-elle avec retenue.

— Ça y est ! piailla-t-elle. Ça y est, le vaccin est obligatoire. O-BLI-GA-TOI-RE. A cause de toi, nous sommes depuis 16 heures des hors-la-loi. Des HORS-LA-LOI !

Le terme la fit pouffer. Adriana devait s'imaginer les histoires qu'elle pourrait raconter à ses voisines si un beau policier venait à l'arrêter.

— Tu vois, j'avais raison ! reprit-elle. Ce sont des gens comme vous, les non-vaccinés, qui mettent les autres en péril. Pour la sécurité nationale, ils l'ont dit au journal télé : il faut éliminer les cas rebelles. Grâce à notre gouvernement, notre pays sera définitivement beau et propre comme un sous-neuf ! Plus de voleurs, plus de dealers, plus de délinquants... Que des honnêtes citoyens ! La loi est passée. Elle a été votée. Tu n'y peux plus rien. Nous sommes maintenant des hors-la-loi.

Adriana pouffa de nouveau tandis qu'un hoquet de désespoir sortait de la gorge de Clara. Maude refoula sa colère et prit le temps d'inspirer lentement. Elle avait vécu des moments trop intenses aujourd'hui pour se laisser gâcher cette journée par sa mère.

— Maman, va te coucher. La nuit porte conseil, dit-on. Je n'ai pas beaucoup d'espoir dans ton cas, mais sait-on jamais, lui assena-t-elle sans compassion. Viens Clara, nous allons regarder un film dans ma chambre.

La jeune femme s'empara de la main de sa sœur et la guida dans les escaliers. Derrière elles, Adriana railla quelques aberrations supplémentaires avant de rejoindre la cuisine pour se servir un dernier verre. Pour mieux dormir. Evidemment.

Quand enfin Maude se retrouva seule dans son lit, son cœur était léger. Elle repassait en boucle son après-midi. Des yeux marrons sombres. Très sombres. Un sourire désabusé. Un visage agréable. Des cheveux bruns en bataille. Et des lèvres si douces et fermes à la fois...

« Je t'aime » lui avait dit sa sœur.

« Je vous aime » hurlait son propre cœur.

4.

Maude rêvait. Elle se promenait seule dans un pré, vêtue d'une petite robe d'été violette. L'herbe était douce sous ses pieds nus et des marguerites parsemaient le tapis vert de mille diamants. Le soleil était haut, le ciel dégagé et l'air sentait bon les fleurs sauvages. Le doux bruit d'une rivière résonna à ses oreilles et la jeune femme orienta sa flânerie pour se rapprocher du clapotement. L'eau cascadait allègrement sur une paroi rocheuse avant de se transformer en un bassin paisible. A côté de cette piscine naturelle limpide, se tenait quatre personnes et un pique-nique. La première à l'apercevoir fut sa petite sœur qui s'exclama de joie et courut lui sauter dans les bras. Elle l'entraîna précipitamment à sa suite vers une nappe à carreaux où trônait un panier en oseille, rempli de victuailles. Adriana, sa mère, avait déjà un verre à la main et lui souhaita la bienvenue en lui dédiant une gorgée de vin. Son père, Henri, était au téléphone quelques mètres plus loin et ignora son arrivée. Avec indulgence, Nathan lui offrit à boire et lui vola un baiser au passage. Elle ne se lassait pas de ses lèvres. De son goût sucré. De sa présence. De son sourire. De lui. Elle pouvait survivre à tout s'il était là : à l'absence de son père et à l'indifférence de sa mère. Elle alla se caler sous son bras, protégée.

Alors que sa petite sœur tentait vaillamment de faire une roue sans s'écrouler sur le sol, Maude perçut un vrombissement dans l'air. Après quelques mouvements de tête, elle remarqua une ruche, cachée dans un arbre. Les guêpes avaient dû les sentir car elles s'agitaient de plus en plus près d'eux. La jeune femme eut peur qu'ils ne se fassent piquer. Sous sa consigne, ils reculèrent à pas lents pour s'éloigner de la ruche. Sa mère, Adriana, secouait la tête en protestant :

— Ne t'inquiète pas chérie, ce n'est rien… Chut, regarde, ça ne va pas te piquer ! N'es-tu pas forte, ma fille ?

Mais Maude était inquiète. Les guêpes se rapprochaient dangereusement. Elle tenta de lever le bras pour protéger son visage, mais celui-ci était paralysé. Alors tout bascula : Nathan disparut, la laissant seule et désœuvrée. Sa petite sœur s'enfuit joyeusement et l'abandonna à son tour dans un éclat de rire. Son père continua son coup de fil jusqu'à disparaître de sa vue, l'ignorant sans scrupule. Seule sa mère resta près d'elle, avec un regard rempli de pitié :

— Pauvre petite fille trop courageuse pour ce monde… murmurait-elle.

Les guêpes étaient maintenant à quelques mètres de la jeune femme. Elles avaient grossi et se rapprochaient de la taille d'une souris. Leurs yeux immenses la fixaient agressivement et leurs vrombissements sauvages emplissaient ses oreilles d'une cadence guerrière. Une guêpe, plus intrépide que ses congénères, se détacha de l'essaim pour l'attaquer. Le bras toujours immobilisé, Maude tenta de se protéger. La guêpe évita sa parade et fonça sur elle. La piqua. Maude cria.

Et se réveilla, une seringue figée dans le bras.

Vide.

Comme les yeux de sa mère.

5.

« Le plus triste dans une trahison, c'est que cela ne vient jamais de nos ennemis. »
Anonyme

Le sérum se répandait doucement dans son corps. Maude sentit une lente chaleur monter le long de son bras et se mélanger à son sang. Elle avait peu de temps avant que l'action de la seringue face effet. Quelques minutes de liberté.

– Clara ? Dis-moi que Clara… ? suffoqua-t-elle.

La jeune femme arracha la seringue de son bras sous les yeux morts de sa mère. Elle se débattit avec sa couette pour s'échapper de son lit et manqua de s'écrouler sur le sol dans son empressement. Elle courut vers la chambre de sa petite sœur, trébucha sur un carton oublié dans le couloir et repartit de plus belle. Maude ouvrit la porte brutalement, le souffle court.

Clara était assise en tailleur sur son lit et se massait délicatement l'intérieur du coude, l'esprit ailleurs. Quand elle entendit la porte de sa chambre claquer, elle tourna un visage serein vers sa sœur.

Ses yeux étaient éteints.

Son sourire placide.

Maude éclata en sanglots.

6.

Maude tenait la tête de Clara entre ses mains et lui caressait délicatement les cheveux.

– Je suis désolée, je suis tellement désolée ! Je ne t'ai pas su te protéger, je suis désolée…

Des larmes roulaient sans discontinuer sur les joues de la jeune femme. Elle avait failli. Misérablement, irrévocablement. Elle avait échoué à les sauver de ce monde sans cœur et sans avenir. Elle… Elle avait… Elles étaient vaccinées ! Tout était fini. Un gémissement s'échappa de ses lèvres. Clara leva une main pour essuyer ses larmes et la rassura.

– Ce n'est pas grave, je suis bien. Je t'assure. Je n'ai pas été aussi bien depuis des semaines.

Et son sourire paisible, et ses yeux froids, et son attitude tranquille provoquèrent un nouveau sanglot chez sa grande sœur.

– Non ce n'est pas bien, non… Je suis désolée, je suis, je suis…

Maude enfouit son visage dans les bras de Clara qui se laissa bercer avec une indifférence remplie de bienveillance. Petit à petit, la respiration de Maude s'apaisa. Les battements de son cœur se calmèrent. Ses larmes se tarirent. La douce chaleur du sérum s'était entièrement diffusée dans son corps. Peut-être qu'après tout, c'était ce qui devait arriver. Tôt ou tard.

Son combat était terminé, elle pouvait se reposer. Rendre les armes. Rentrer dans les rangs.

– Vous savez, je l'ai fait car je vous aime, prononça la voix d'Adriana dans l'entrebâillement de la porte.

A sa façon, sa mère ne mentait pas. Elle agissait de la même manière qu'elle aimait : mal.

Maude se détacha de sa petite sœur et se leva. Elle dépassa sa mère sans un regard et repartit vers sa chambre dans une démarche de somnambulisme. Qu'allait-elle faire ? Que ressentait-elle ? Qu'allait-elle dire à Nathan ? Voudrait-il encore d'elle ? Comment s'en sortir ? Pourquoi n'hurlait-elle pas ? Pourquoi ne cassait-elle pas tout ? Pourquoi ne partait-elle pas de cette maison ? Comment lutter ? Quelle solution avait-elle ? Comment pouvait-elle être si calme ?

Mécaniquement, Maude entra dans sa chambre, s'allongea sur son lit et tira la couette sur elle.

Elle y réfléchirait demain.

Oui, demain.

Mais que serait demain ?

7.

Maude travaillait à la supérette. Elle aidait Fredis à réorganiser son magasin pour libérer de la place et intégrer un rayon beauté. On lui avait conseillé de l'ajouter et il avait acquiescé. Comme il ne voyait pas de raisons de ne pas honorer cette promesse, il avait commandé un carton de produits et tentait vaillamment de trouver une solution pour les faire tenir dans ses rayons surchargés.

Maude et lui poussèrent le papier toilette à gauche, descendirent les mouchoirs d'un cran et décalèrent la lessive vers la droite. Vernis, mascara, BB crèmes et autres produits de beauté vinrent bientôt côtoyer les brosses à dents et les dentifrices. Etonnamment, la consommation de maquillage avait peu diminué après la vaccination, sûrement pour une simple question d'habitude.

Pourquoi changer ?

Cela faisait 14 jours que Maude s'était faite vaccinée. 14 jours que sa mère les avait trompées et condamnées dans leur sommeil. 14 jours pendant lesquels, chaque matin, la jeune femme était venue travailler à la supérette. Et 14 jours encore qu'elle n'avait pas revu Nathan.

« *Je reviens te voler demain à la supérette* ! » avait-il dit. Encore un menteur.

Au début, Maude s'était battu ; et se battre contre soi-même, ce n'était pas évident. Le matin, elle écoutait ses chansons préférées en tentant de ressentir les émotions qui l'envahissaient auparavant lorsque les Beatles prononçaient « *Hey Jude, don't make it bad* » ou Pink « *You're fucking perfect to me* ». Elle reproduisait les mêmes mimiques, fronçait les sourcils, tentait d'avoir les larmes aux yeux, le cœur qui se serre et la respiration bloquée. Echouait.

Recommençait.

Le soir, Maude écrivait un journal intime. Elle consignait consciencieusement son histoire en insistant sur un vocabulaire émotif. Ses choix, ses peines, ses joies, ses raisons, ses doutes... Elle griffonnait des pages entières dans un devoir de mémoire. Elle ne voulait pas oublier ce qu'elle avait vécu, les combats qu'elle avait gagnés et ce en quoi elle avait cru.

Mais en quoi croyait-elle maintenant ?

Adriana n'avait jamais paru aussi heureuse que depuis ce vaccin. Elle se levait à des heures convenables, partait se promener avec ses amies retraitées et revenait pour préparer le dîner à ses filles. Elle ne se contentait plus de réchauffer un plat surgelé au four mais réutilisait son gros livre de cuisine poussiéreux. Un poids semblait s'être retiré de ses épaules : elle n'avait plus à prouver qu'elle était forte et indépendante alors qu'elle était instable et déboussolée. Le vaccin lui avait permis d'assumer d'être une quinquagénaire sans mari et sans travail. Elle vivait discrètement dans une routine agaçante qui la comblait.

Clara semblait également apaisée. Au collège, elle avait retrouvé ses amis et trainait de nouveau avec eux en échangeant de plates banalités. Elle n'était plus révoltée par le manque de curiosité des élèves en classe, se contentant elle-même du contenu des cours dispensés. Elle voyait d'un bon œil le changement de comportement de leur mère et avait cessé de culpabiliser de vouloir révolutionner le monde sans oser bouger un petit doigt.

Maude se raccrochait au souvenir de Nathan et de l'incroyable après-midi qu'ils avaient passé. Elle savait que ce qu'elle avait ressenti avait été fort. Mais au fil des jours, le désir devenait de plus en plus une notion abstraite. Etait-ce comme lorsqu'elle goûtait les lasagnes maison de sa mère et qu'elle se resservait même si elle n'avait plus faim ? L'amour était-il aussi une chose déraisonnable ?

Maude déposa le dernier paquet de coquillettes sur un rayonnage. Elle se baissa pour récupérer le carton vide et le plier avant de l'emporter à la réserve. Alors qu'elle se courbait, une voix retentit derrière elle et la fit sursauter.

– Maude ? Je suis revenu !

La jeune femme se redressa lentement et regarda Nathan dans les yeux. Il tressaillit, recula d'un pas et buta contre l'étagère des soupes sur laquelle oscillèrent les produits. Le jeune homme leva un doigt vers Maude, le laissa retomber. Son visage se crispa, ses sourcils se froncèrent, et dans un geste de colère, il envoya au sol les briques de velouté qui volèrent dans un bruit sourd.

– Et merde, pas toi ! s'exclama-t-il.

– Je t'ai attendu chaque jour, répondit simplement Maude. Tu n'es pas venu.

Nathan encaissa le choc et serra le poing. Les sachets de vermicelle vinrent rejoindre leurs congénères par terre dans un nouveau fracas. Des clients se rapprochèrent pour intervenir posément.

– Tu m'as trahi, lâcha-t-il, la mâchoire crispée.

Sans autre explication, le jeune homme se détourna et sortit de la supérette en claquant le battant de l'entrée. Maude sentit en elle une porte se fermer.

Celle d'un après-midi rempli de promesses.

Il n'avait pas le droit. Pas le droit de revenir deux semaines après, le sourire aux lèvres, sans une excuse. Il n'avait pas le droit de l'abandonner aussi facilement. Et pourquoi était-elle si calme ? Si mesurée ? Elle aurait dû lui courir après et lui cracher dessus. Lui cracher sa colère, son attente et sa tristesse. Mais à vrai dire, elle n'était pas triste. Elle était… normale.

Maude remit une à une les soupes tombées dans leur rayonnage. Elle récupéra le carton vide et alla le ranger à la réserve. Elle s'empara d'une autre caisse et poursuivit son travail. La jeune femme travailla deux heures de plus avant de rendre son uniforme kaki pour rentrer chez elle. Elle salua d'un geste de la main Fredis et sa femme et quitta le magasin. Elle n'avait pas fait trois pas dans la rue qu'on l'apostropha.

– On peut parler ? lui demanda Nathan.

Le jeune homme semblait s'être calmé et sa voix était redevenue sournoisement chaude et légère. Il était accoudé à une barrière, son sac déposé à terre à côté de lui. Maude hocha la tête et s'approcha de lui. Quelques rares passants les dépassèrent pour rejoindre la pharmacie au coin de la rue.

– Oui ? demanda-t-elle.

– Je suis désolé de ne pas être revenu plus tôt. Ma mère a été gravement malade et je n'ai pas quitté son chevet. J'aurais dû t'avertir. Faire un crochet par la supérette pour te voir.

Quelque chose dans son attitude alerta Maude. Son attitude nonchalante ou la légère malice de son sourire. Il venait d'inventer cette histoire et en était fier. Etrange.

– J'espère que ta mère va mieux... commença-t-elle.

Nathan hocha la tête d'un geste rassurant.

– ... mais tu me mens, conclut-elle avec insensibilité. Ta mère était peut-être malade mais ce n'est pas la raison qui t'a empêché de venir. Pourquoi mentir ?

Maude exposait les faits sans émotion, avec un simple intérêt. Elle n'avait jamais éprouvé ça : ses sentiments personnels mis de côté, elle bénéficiait d'une clarté de réflexion inédite. Elle inclina la tête pour observer Nathan. Le jeune homme restait interdit.

– Tu n'es pas sensée ne plus reconnaître les mensonges ? marmonna-t-il.

– Je suis vaccinée, je ne suis pas devenue bête pour autant, répondit-elle.

Nathan resta silencieux. Puis quelque chose sembla se rompre en lui. Il se rapprocha de la jeune femme et s'arrêta à quelques centimètres de son visage. Sans prévenir, il déchaina toute la colère qu'il avait retenu.

— Tu es lâche, vociféra-t-il. Tu es comme tous les autres : faible et méprisable. Tu es une traître. Une traître à la vie, à la beauté d'un coucher de soleil, au baiser d'un amant et à la vague qui dessine des ondulations sur la plage. Tu m'as trahi, tu as trahi l'humanité, et tu t'es trahie toi-même ! Tu es devenue une abomination et je te renie. Si je pouvais ne t'avoir jamais rencontré, j'en serais heureux. Tu me dégoutes. Regarde-toi avec tes yeux éteins, tu pues l'agonie ! Tu es déjà à moitié morte, tu survis mais tu n'as plus d'utilité. C'est ça, tu es i-nu-tile. Aussi inutile qu'une vieille bouteille jetée à la mer : vide et polluée.

Maude ne bougeait pas. Immobile, elle écoutait les horreurs qui se déversaient de la bouche de Nathan. Imperturbable, les mots glissaient sur elle. Ce n'était pas agréable, mais elle encaissait. C'était peut-être le seul avantage de ce vaccin : elle était devenue imperméable aux autres. Ils ne pouvaient plus l'atteindre, plus la blesser, plus la briser. Deux semaines auparavant, elle se serait effondrée. Ecroulée en larme, le cœur broyé en mille morceaux malgré les protections qu'elle avait mis des années à ériger. Mais voilà, deux semaines avant, Nathan ne lui aurait pas dit tout ça.

— J'ai cru en toi, continua-il agressivement. Tu sais, j'ai vraiment cru qu'on avait quelque chose tous les deux. Que malgré l'absurdité de ce monde, nous, on serait plus fort. Qu'on rêverait plus grand. Qu'on irait plus loin. Ah ! Qu'est-ce que j'ai été bête ! J'ai été aveugle, tu m'as bien eu ! Moi qui te croyais au-dessus des autres, tu es encore plus corrompue. J'aurais honte si j'étais toi. Tu es répugnante.

La jeune femme ne bougeait toujours pas. Seul son petit doigt tressauta sans qu'elle ne le remarque. Son impassibilité mis Nathan hors de lui.

— Il t'apporte quoi ce vaccin ? explosa-t-il. La tranquillité dans ta petite vie minable ? La satisfaction dans ton métier piteux ? Tu m'écœures. Regarde-toi, tu m'écoutes sans prononcer un mot. Je t'insulte et tu ne dis rien. Mais réveille-toi ! Réveille-toi merde !

Nathan joignit le geste à la parole et bouscula Maude.

— Ré-veille-toi ! articula-t-il en accompagnant chaque syllabe d'une poussée sur son épaule.

Chaque frappe était légèrement plus appuyée que la précédente. Maude ne bougea pas d'un pouce. N'esquissa pas un pas. Ne leva pas son bras pour se protéger ou faire barrage. Plus elle restait calme et plus la fureur de Nathan grandissait. Il finit par s'approcher à deux centimètres de son visage et lui cracha hargneusement :

— Tu n'es rien pour moi.

La gifle partit d'elle-même. Elle claqua sur la joue de Nathan. Nette, précise, coupante.

— C'EST MA MERE QUI M'A VACCINE DANS MON SOMMEIL, PUTAIN ! cria Maude.

Un instant, un infime instant, tout son corps avait bouillonné. Il s'était soulevé, avait tempêté contre toute cette injustice et s'était rebellé. Maude fut la première surprise par le ton et l'intensité de sa voix. Par la force et la conviction de sa gifle. Elle s'était transformée en un volcan et avait débordé. Sa colère avait ébranlé le bouchon de ses émotions qui avaient éclaté à l'air libre. L'éruption terminée, la jeune femme était aussitôt redevenue calme et lucide. Le vaccin avait rapidement calfeutré la brèche.

Nathan était figé devant elle, la bouche ouverte. Une trace rouge parcourait la pommette de sa joue droite. Les yeux écarquillés, il tenta plusieurs fois d'articuler une phrase mais se ravisa à chaque fois. C'était… impossible. C'était… injuste. C'était… incroyable.

Maude regarda sa montre. Si elle ne se dépêchait pas, elle serait en retard pour le dîner. Sa mère lui avait promis un gratin dauphinois accompagné d'un gigot.

— Je dois y aller, on m'attend à la maison, déclara-t-elle d'une voix atone, comme si rien ne s'était passé.

La jeune femme réajusta son sac à main sur son épaule et se détourna pour rejoindre sa famille. Si elle se dépêchait, elle serait rentrée dans une vingtaine de minutes. Elle accéléra le pas et s'engagea dans les rues pavées de Certy.

Les magasins défilaient à côté d'elle. Boulangerie, boucherie, traiteur… Les senteurs se répandaient hors des boutiques pour attirer les passants et le ventre de Maude émit un gargouillis révélateur. Le coiffeur tira son rideau de fer et salua la jeune femme d'un signe de tête. La ville s'éteignait doucement, le soir tombait et l'air se rafraichissait. Maude avançait d'un bon pas, sans penser à rien. Son esprit vagabondait d'une maison à l'autre, d'un bout de trottoir à l'autre, sans s'arrêter sur un élément précis. Elle ne remarqua pas le bruit de course qui s'approchait.

– Maude, s'il-te-plait, arrête-toi ! héla puissamment une voix derrière elle.

La jeune femme se retourna et observa Nathan remonter la rue. Il s'arrêta à quelques mètres d'elle, légèrement essoufflé.

– Je n'ai pas le temps de discuter, le dîner m'attend chez moi, déclara-t-elle.

– Je... Je serais rapide. Accorde-moi 5 minutes. Juste 5 petites minutes !

– Pourquoi ? Tu as été détestable, pourquoi t'écouterais-je ? demanda-t-elle.

Nathan inspira un grand coup et débita rapidement :

– Tu avais raison, je n'ai pas été honnête avec toi. Je... Je t'ai déjà parlé de ma mère c'est vrai mais je ne t'ai jamais parlé de mon père. C'est... Disons qu'il fait partie des influenceurs de ce pays. Il est un membre imminent du C.U.S., une cellule de crise créée il y a 6 ans pour faire face à la détresse des gouvernements qui se succédaient les uns après les autres. Cela veut dire « Comité d'Urgence et de Sécurité » et cela permet d'instaurer un peu de stabilité dans le pouvoir.

Nathan reprit sa respiration et continua avant que Maude ne puisse l'interrompre :

– Il faut savoir que, même là-haut, tout le monde est vacciné. Président, ministres, députés, maires... Tous ont été convaincus par le discours des scientifiques ou par un proche un peu trop zélé. Tu comprends ce que ça veut dire ? Nous sommes dirigés par des zombies sans capacité d'empathie et de discernement !

Comme Maude restait impassible mais ne bougeait pas, Nathan poursuivit :

– Le C.U.S. a survécu à la tempête. Il n'a pas cédé. Il s'est… émancipé du gouvernement et n'obéit plus à personne. L'unité de mon père œuvre actuellement sur un remède pour vaincre le vaccin. C'est ce à quoi j'ai travaillé ces derniers jours. On m'avait missionné pour me rendre à un centre de recherche et interroger des scientifiques. Les laboratoires ont… Ils ont remarqué que les gens ne réagissaient pas de la même manière à l'injection. Certaines personnes ne ressentent plus rien, d'autres semblent encore pouvoir ressentir des émotions. Si nous découvrons pourquoi, nous trouverons sûrement la solution au vaccin !

Nathan se rapprocha, excité.

– Et toi… Toi ! Tu es vaccinée et tu es pourtant si… lucide. Si sensée. Tu t'es énervée ! C'était… extraordinaire ! Ça n'est jamais arrivé ! Tu te rends compte de ce que tu as réussi à faire ?

Maude haussa les épaules.

– C'était incontrôlé, lui dit-elle. Je vous souhaite bonne chance dans vos recherches.

La jeune femme se détourna et reprit sa marche. Le gratin dauphinois allait être froid, ce serait dommage. Adriana et Clara devaient déjà être à table. Nathan la retint.

– Maude, tu ne comprends pas. Nous avons besoin de toi. Tu es peut-être LA solution !

La jeune femme ne se retourna pas.

– Ma solution… murmura-t-il.

Maude expira.

– En quoi cela consisterait-t-il ?

– Quelques prises de sang, quelques entretiens, quelques mises en situation…

– Je serais votre rat de laboratoire.

– Non, bien sûr que non !

Maude se retourna et fixa Nathan dans les yeux, sans ajouter un mot.

– Bon d'accord, en quelque sorte… Mais tu seras traitée comme une reine, je te le promets, ajouta-t-il d'une voix incertaine.

La jeune femme resta un long moment immobile dans la rue. Nathan n'osait pas esquisser un geste ni prononcer une parole supplémentaire. Maude étudiait placidement la situation.

– Je ne travaille pas ni jeudi, ni vendredi. Mes patrons ferment la superette pour descendre au mariage d'un cousin. Je vous accorde deux jours, conclut-elle.

– Je… Tu es merveilleuse ! La plus incroyable des…

– Garde tes flatteries pour la prochaine fille assez naïve pour croire tes mensonges, l'arrêta-t-elle. Je serais jeudi à 10 heure sur la place de l'église.

Sans un regard supplémentaire, Maude reprit sa route. Elle se sentait un peu brassée, comme si une bataille s'acharnait dans son estomac. Ce serait dommage de ne pas apprécier pleinement le repas préparé par sa mère.

8.

« Ne rien risquer
est un risque encore plus grand. »
Erica Jong

Maude attendait sagement sur la place de l'église. Elle avait avalé son petit-déjeuner, enfilé un sweat, des basquets, et était partie au rendez-vous qu'elle avait fixé à Nathan. Le ciel était clair et les rues calmes ; chaque vacciné travaillait déjà sagement à son bureau ou à son atelier. La jeune femme était satisfaite d'avoir une occupation pour les deux jours à venir. Seule chez elle, qu'aurait-elle fait ? Lire ? Faire du sport ? Cuisiner ? Ecrire ? Mais pour quoi ? Pour qui ? Elle aurait peut-être repeint la salle de bain, la peinture murale s'effritait de plus en plus. La cuisine avait aussi besoin d'être récurée. Les nouvelles occupations culinaires de sa mère laissaient des traces sur la cuisinière et le four. Elle ferait ça ce week-end pendant que sa sœur travaillerait ses cours.

Le vrombissement d'un moteur se fit entendre et une voiture noire débarqua sur la place de l'église. Elle continua sa route sans marquer d'arrêt et Maude l'observa passer avec un intérêt limité. Durant les vingt minutes suivantes, seuls le passage d'un scooter et d'une vieille camionnette animèrent la place. La jeune femme s'apprêtait à faire demi-tour quand enfin un véhicule gris s'arrêta devant elle et lui bloqua le passage. La tête de Nathan sortit de la fenêtre du conducteur.

– Je suis désolé, un tracteur m'a bloqué la route durant tout le trajet, déclara-t-il irrité.

Maude hocha la tête. Elle dépassa la voiture, ouvrit la portière et monta du côté passager. Le voyage se fit en silence.

– Voilà, nous sommes arrivés, prononça Nathan.

Devant eux, une grande maison contemporaine se dressait face à un petit bassin d'eau sale. Sur son côté droit, du lierre s'accrochait au crépi et montait jusqu'au deuxième étage. La couleur des murs était ternie mais les volets, peints avec des teintes chatoyantes, donnaient à la demeure un air joyeux et bohème. Nathan lui fit signe de le suivre. Il monta les quelques marches qui les séparaient du perron et poussa une porte jaune.

– Bienvenue chez moi, prononça-t-il en s'effaçant pour la laisser entrer.

L'intérieur était en accord avec l'extérieur : le mobilier en bois sobre accueillait des bibelots fantaisistes qui égaillaient l'atmosphère. Maude traversa le couloir pour s'arrêter devant le salon. Un grand canapé noir trônait crânement face à une minuscule télévision. Des plantes vertes entouraient le sofa, posées à même le parquet en bois. La décoration était presque inexistante ce qui poussait le regard à admirer le paysage au-delà des fenêtres : de grands champs parsemés de marguerites et de boutons d'or.

– Alors ça y est, elle est là ? s'exclama une grosse voix bourrue, en descendant lourdement les marches d'un escalier.

— Papa ! se récria Nathan avec un regard inquiet vers Maude.

Indifférente, la jeune femme attendait patiemment de découvrir l'étrange personnage. Son physique était à la hauteur de sa voix : lorsqu'il entra dans la pièce, celle-ci parut rétrécir. Grand et large d'épaule, il possédait un ventre proéminent imposant et une grosse barbe recouvrait ses joues. N'eusse été son sourire authentique et chaleureux, sa place aurait été plus appropriée dans un film d'horreur. Elle voyait déjà les gros titres : « Le bucheron de la mort ».

— Tu m'avais caché qu'elle était aussi belle, coquin ! s'exclama le père de Nathan, sans prendre en compte l'air désespéré de son fils. Bonjour mademoiselle, c'est un plaisir de vous accueillir chez nous. Je m'appelle Alain et je m'excuse d'avance, je vais sûrement passer mon temps à vous dévisager. N'y voyez aucun intérêt personnel mais celui de la science !

Alain tendit sa grosse main et secoua vigoureusement celle de Maude.

— Vous devez être impatiente de comprendre quel rôle vous allez avoir pour des centaines de milliers de gens ! Vous êtes un élément clef, un sujet fabuleux ! Vous allez peut-être révolutionner le futur ma petite, n'est-ce pas incroyable ?

L'homme-ours n'attendit pas sa réponse pour poursuivre son monologue. Intérieurement, Maude fit le rapprochement entre le discours qu'il tenait et celui des médias lorsque le vaccin avait été présenté au public. Les deux étaient passionnés et convaincus de leur bienfait. Mais où était la vérité ? Serait-elle une nouvelle bombe pour l'humanité ?

— Nous avons caché dans cette maison la totalité d'un laboratoire scientifique, ingénieux non ? poursuivit Alain avec fierté. Comme ça, pas de politique, pas de magouille, simplement de la science et encore de la science ! Mais je vais tout t'expliquer, ne t'inquiète pas. Suivez-moi !

Le curieux trio s'engagea dans un escalier qui aurait vraisemblablement dû mener à une cave. Une lourde porte en bloquait l'accès. Pour l'ouvrir, Alain introduisit la carte magnétique qu'il portait autour du cou puis tint le battant à Maude et Nathan.

— Voici ma merveille, le cœur de toutes nos découvertes, mon joyau de technologie ! Tu vois cet appareil-ci ? Une fois sur ta tête, il permet de capter les champs électriques qui s'activent à chacune de tes pensées. Et celui-ci ? Il scanne tes zones d'activités cérébrales. Ça, c'est une machine qui analyse en autonomie complète les résultats d'une prise de sang. En une heure, elle réalise 25 prélèvements différents et indique avec une précision absolue le taux de tes globules rouges et blancs et tout le tralala. Incroyable, non ? Ici, on a tout l'attirail du parfait enquêteur : lumière infrarouge, lampe à ultraviolet, microscopes, tubes à essai, toute une série de pinces et… Enfin, je ne vais pas te décrire chaque objet, je vais t'ennuyer !

Pour seule réponse, Maude se contenta de regarder autour d'elle et d'attendre la suite des évènements. Le lieu était à la fois à la pointe de la technologie et rempli d'un désordre confus. Des LED clignotaient çà et là, indiquant que plusieurs analyses étaient en cours. La jeune femme aperçut au fond de la salle deux personnes vêtues de blouses bleues, penchées sur des feuilles.

— Viens t'asseoir ici, dans ce fauteuil, indiqua Alain. Oui voilà, on sera mieux pour parler.

Maude obéit docilement. Nathan s'installa sur la seule chaise vacante, toutes les autres étant encombrées par des piles de papier et de livres. Son père récupéra quant-à-lui un vieux tabouret pour se placer en face de Maude.

— Est-ce que mon fils t'a expliqué pourquoi nous t'avons choisi ? s'élança Alain avec un grand sourire excité.

— Je… commença Maude.

— Qu'importe, la coupa-t-il, je vais tout reprendre depuis le début. Si tu es là aujourd'hui, c'est à cause de ce vaccin. Cette injection est une abomination. Une atrocité de la nature. L'Homme est devenu un pantin articulé. Rien ne le touche, rien ne l'intéresse, rien ne le retient. Alors oui, bien sûr : on se tue moins quand on ne ressent rien. Après tout, à quoi bon faire l'effort de planter un couteau dans le cœur de son ennemi ? Et puis, quitte à vivre une existence routinière, autant suivre les règles du gouvernement. Il ne faudrait quand même pas trop se fatiguer !

La voix d'Alain s'était chargée de mépris. Il était clair qu'il exécrait ce vaccin et les vaccinés en général. Tout comme son fils, le cancer de sa femme devait influencer son opinion. Il devait trouver toutes ces personnes faibles et lâches. Il devait leur en vouloir de refuser une vie que sa bien-aimée luttait pour sauvegarder chaque jour. Maude semblait néanmoins faire exception à son dégoût. Peut-être que Nathan lui avait expliqué qu'au début, ce n'était pas voulu. Qu'il s'agissait d'une erreur. D'un geste malencontreux de sa mère qui ne savait pas comment les aimer.

– Nous sommes contre ce vaccin, martela Alain avec emphase. Mais nous sommes arrivés trop tard. Nous avons été trop lents. On nous a manipulé pour nous faire taire. Et personne ne nous a entendu. Nous n'avons pas pu avertir la population sur le danger de ce vaccin, sur la vie pour laquelle ils signaient, sur les possibles effets à long terme. Nous avons échoué...

Alain marqua une pause théâtrale. Nathan leva discrètement les yeux au ciel ; son père en faisait toujours trop.

– Nous avons décidé de porter la responsabilité de notre échec et de trouver LA solution. D'inventer un remède. Un traitement opposé. L'alchimie inverse pour sauver tous les vaccinés et leur redonner sentiments et émotions. Vois-tu, nous travaillons 24 heures sur 24 et 7 jours sur 7 pour cette cause. Et nous ne sommes que dix ! Dix scientifiques parmi les meilleurs au monde, sans me vanter. Je te les présenterais plus tard. Nous avons chacun notre spécialité mais nous sommes animés par le même espoir : redonner vie à l'humanité. Bien sûr, ce n'est pas du goût de notre gouvernement, tu l'imagines bien. Un troupeau de moutons est bien plus facile à diriger qu'une meute de chiens joyeux. Nous sommes obligés de nous cacher. Tu devras être discrète sur ce que nous allons faire ensemble, c'est important. Est-ce d'accord ?

Maude hocha la tête. A vrai dire, elle ressentait une certaine curiosité : voir tant d'émotions se succéder en si peu de temps sur le visage d'Alain la déconcertait. Etait-elle ainsi il y a trois semaines ? Elle ne s'en rappelait plus. Il faudrait qu'elle consulte son petit journal.

Alain continua ses explications pendant une bonne heure. Maude bailla discrètement plusieurs fois et Nathan finit carrément par fermer les yeux sur sa chaise. Quand enfin le flot de parole se tarit, les deux jeunes gens se virent propulser en dehors du laboratoire pour rencontrer l'ensemble de l'équipe. Maude fit la connaissance de Fabrice et de Claude, spécialistes en biologie cellulaire. L'un grand, l'autre petit ; l'un gros, l'autre fin ; les deux hommes semblaient avoir été créés pour former une paire insolite mais complémentaire. Vint ensuite Cécile, experte en neurosciences avec un cou de taureau, qui chapotait un groupe de trois professionnels : la première à se présenter fut Sylvie, une jeune brune gracile qui travaillait sur la neuroanatomie ; lui succéda Luc, papa de quarante ans à la calvitie récente et génie du neurodéveloppement ; puis Julie, petite rousse formée à la neurophysiologie. Pour compléter l'équipe, un chirurgien nommé Philippe lui serra la main avec vigueur et deux chimistes lui firent de timides signes de tête en prononçant leur prénom : Lydia et Simon. Tous arboraient des sourires rêveurs et des cheveux légèrement en bataille. Maude n'était pas convaincue qu'elle leur aurait confié l'avenir de l'humanité.

Pas convaincue du tout.

– Il y a un dernier membre que je dois te présenter, avertit Alain. Ma femme. J'imagine que Nathan a dû t'en parler ?

– Un p…

– Qu'importe, la coupa-t-il à nouveau, elle t'expliquera mieux que nous tous pourquoi nous sommes réunis ici. Suis-moi. Seule, ajouta-t-il pour Nathan.

Maude obtempéra et suivit l'imposant scientifique à travers sa maison. Ils passèrent devant une photographie de famille où le couple et leur petit garçon posaient devant l'objectif en étouffant un rire. Plus loin, une collection de grenouilles trônait au milieu d'une étagère. En dessous, s'empilaient des jeux de société. Un bouquet de marguerites, sûrement ramassé le matin même, embaumait le hall d'entrée. L'escalier qu'ils gravirent pour accéder au premier étage grinça comme seul peut le faire un bois qui a vu cavaler des enfants. En haut des marches, un poster présentait trois paires de mains colorées, trempées dans de la peinture arc-en-ciel. Des touches de bonheur parsemaient çà et là la demeure de souvenirs heureux.

Maude pensa à sa maison.

– Bonjour Maude, je suis ravie de faire ta connaissance, prononça une douce voix.

Alain désigna d'un geste le petit salon aménagé près des deux grandes fenêtres de la chambre. Il s'éclipsa sans plus attendre, laissant Maude s'avancer seule. La silhouette de la mère de Nathan, fragile corps posé dans des coussins, émergea d'un fauteuil. Ses cheveux noirs s'étaient éclaircis de reflets argentés et sa peau semblait translucide.

– Bonjour, dit Maude.

La jeune femme s'assit sur un sofa et croisa les bras. Sans bouger, elle subit l'inspection de sa voisine.

– Je ne connais pas votre nom.

– Irène.

Le silence retomba. Maude attendit patiemment. Une théière était posée sur la table basse, accompagnée de tasses en porcelaine. Elle s'en saisit et remplit deux petits récipients.

– Voilà pour vous, annonça-t-elle en tendant une tasse à la malade.

Elle s'empara de la sienne, souffla dessus et la porta à ses lèvres :

– Très bon thé.

Irène esquissa un sourire.

– Je te remercie. J'espère que mon mari ne t'a pas assommé avec un monologue scientifique ?

– Non.

– Tant mieux. Sais-tu pourquoi tu es là ?

– Oui.

– Pour quoi ?

– Trouver un remède pour lutter contre le vaccin.

– C'est vrai, mais il y a plus.

Maude lui jeta un regard interrogateur.

– Tu as là pour prouver que le bonheur est essentiel. Vital. Et que la vie vaut le coup d'être vécue. Avec ses peurs, ses erreurs, ses souffrances. Et surtout avec ses amours.

– Vous êtes une utopiste, répondit obligeamment Maude.

Irène rit. Puis toussa.

– Tu as raison. Est-ce mal ?

Maude prit le temps de réfléchir.

– Je ne pense pas. Je crois que j'étais comme vous avant. J'essayais de voir les choses positivement, même si tout allait mal.

– Et ça t'a-t-il réussi ? demanda doucement la mère de Nathan.

La jeune femme haussa les épaules.

– Il faut croire que non, puisque je suis ici.

– Je crois qu'au contraire, ce n'est pas par hasard que tu es là. Tu cherches de nouveau le positif à tirer de ta situation. Et ce positif, c'est qu'en étant vaccinée, tu peux être la clef du remède. T'a-t-on expliqué en quoi constitueront les tests que tu passeras ici ?

Maude secoua la tête ce qui provoqua le sifflement réprobateur d'Irène.

– Très bien, je vais le faire. Nous nous sommes aperçus que certains vaccinés étaient encore capable de ressentir des sentiments d'une certaine amplitude, tandis que d'autres non. A chaque fois, cela nous a semblé être dans une situation émotionnellement troublante : une grande colère, une grande déception ou une grande peur. De quoi as-tu peur ?

Maude regarda ses mains avant de relever la tête.

– Je n'ai pas peur, affirma-t-elle. Je ne sais plus ce que c'est d'être effrayée. Mais…

La jeune femme leva la main en signe d'attente. Elle s'empara de son sac à main qui ne la quittait pas et farfouilla dedans. Après avoir écarté plusieurs stylos, des mouchoirs, un magazine et son porte-monnaie, elle ressortit son petit carnet.

– Depuis ma vaccination, je note tout, expliqua-t-elle à Irène. Pour ne pas oublier ce que j'étais avant, vous comprenez ? Des émotions, ça vous change une personne.

Maude feuilleta quelques pages, lu un paragraphe, un deuxième et s'arrêta.

– Là ! J'étais certaine de l'avoir noté. Ma plus grande peur, je cite, serait de : « tomber en chute libre dans le vide ». J'avais aussi peur de « rester coincée dans un ascenseur » et « de m'évanouir après une prise de sang ».

– Très bien, je te remercie de ta réponse. Elle nous sera très utile. Nous allons te confronter à ces peurs pour observer ta réaction. Nous espérons observer une enzyme dégagée naturellement par ton corps qui repousserait les effets du vaccin. Est-ce clair ? Tu es d'accord ?

Maude acquiesça. Cela lui était égal et elle avait promis à Nathan d'être un cobaye obéissant. Irène sourit et tenta de se redresser dans ses coussins, sans succès. Tout son corps transparaissait la douceur, la bienveillance et une indéfinissable faiblesse. La vie était injuste.

– Tu es courageuse, approuva-t-elle. Pourrais-je voir ce carnet, si cela ne te dérange pas ?

Maude regarda le petit cahier qu'elle tenait fermement dans sa main droite. Une bonne minute s'écoula avant qu'elle ne se décide. C'est sans sourciller qu'elle répondit :

— Non, je ne préférerais pas.

Irène resta sans voix. Puis sourit.

L'espoir était permis.

— Nous allons commencer par une prise de sang assez conséquente pour faire le maximum d'analyses en une fois, expliqua Alain. Ma femme m'a dit que tu avais peur de t'évanouir ?

Maude hocha la tête.

— C'est ce qui est inscrit dans mon carnet.

— Très bien, nous en profiterons pour observer la réaction de ton cerveau face à cette peur et l'évolution de la composition de ton sang au cours de l'opération. Il te suffit de t'allonger sur ce divan et nous te poserons deux petites électrodes de rien du tout sur les tempes. Le bracelet que tu as là s'occupera quant-à-lui de mesurer ton rythme cardiaque et ta tension.

Maude hocha la tête et s'exécuta. Elle se hissa sur le lit d'examen. Elle s'allongea dessus et tendit son bras. On lui enfonça avec application une seringue dans l'avant-bras. La sensation de l'aiguille plantée dans sa peau raviva des souvenirs. La vision d'une plus petite seringue figée dans son bras. La douleur et l'incompréhension. Le visage de sa mère penchée sur elle. Sa course folle dans le couloir pour rejoindre la chambre de sa petite sœur. Son cœur s'accéléra. Tous les médecins présents tournèrent la tête, ébahis, vers l'électrocardiogramme qui s'affolait sur le bracelet à son poignet. Aussitôt ils reportèrent leur attention sur Maude mais déjà les pensées de la jeune femme avaient repris un cours stoïque et se portaient sur les différentes machines qui l'entouraient.

— Parle-nous de ta vie, enjoignit Irène.

Après diverses analyses médicales, Nathan avait raccompagné Maude dans la chambre de sa mère. La jeune femme l'avait autorisé à assister à leur séance. Il s'était assis à ses côtés, muni d'un carnet et d'un stylo pour consigner ses paroles.

— Nous avons besoin de comprendre qui tu es pour orienter au mieux nos tests, tu comprends ? repris Irène.

Maude hocha la tête bien qu'elle ne comprit pas vraiment en quoi sa vie pouvait servir à des scientifiques. L'ambiance feutrée de la pièce invitait aux confidences et elle était prête à jouer les rats de laboratoire avec assiduité.

— Que voulez-vous exactement savoir ? demanda-t-elle.

— Tout, répondit aussitôt Irène. Ton enfance, tes parents, si tu as des frères et sœurs, quelle relation entretiens-tu avec eux, tes études, tes amours… Raconte nous toutes ces expériences qui t'ont façonnées.

Maude réfléchit, sortit son petit carnet et le feuilleta pendant de longues minutes. Quand elle fut prête, la jeune femme fixa ses deux interlocuteurs.

— Allons-y.

Maude passa les quatre heures suivantes à parler, sans interruption. Elle leur raconta sa famille bancale, les disputes violentes de ses parents, leur indifférence à son égard et leur regard dédaigneux sur son parcours, sa scolarité chaotique dans laquelle elle ne trouvait pas sa place, l'amour qu'elle portait à sa petite sœur qu'elle essayait de protéger, sa fuite loin de la maison, le bonheur qu'elle avait trouvé en faisant ses études d'infirmière, ses amis qui la soutenaient, son premier béguin, sa lâcheté envers sa sœur qu'elle n'osait pas rappeler, l'admiration de ses professeurs sur son travail, ses propriétaires qui étaient devenus une deuxième famille, le coup de fil de sa mère qui lui avait annoncé son divorce et sa ruine financière, ses essais infructueux à contacter son père, sa déception, sa décision de revenir pour sa sœur, l'abandon de ses études et de ses rêves.

Maude parlait sans affect, d'une voix atone, reportant des faits qui l'avaient construit pour finalement n'avoir qu'un intérêt relatif sur son présent. Son passé n'avait plus d'importance, elle était au-delà de ces évènements maintenant qu'elle était vaccinée. Plus rien ne pouvait lui arriver car plus rien n'avait de valeur pour elle.

Nathan s'était rapidement levé pour se mettre à tourner en rond dans la chambre. Il lui arrivait de souffler violemment et de serrer rageusement son stylo dans sa main pendant que Maude parlait. Il l'avait découvert une première fois au musée sans se douter des épreuves qu'elle avait enduré. Il s'était plaint de sa mère, il lui avait fait comprendre que l'existence n'avait pas été tendre avec lui. Quand il la regardait parler sans sourciller de tout ce qu'elle avait vécu, il se sentait idiot. Elle était bien plus forte que lui. Elle avait fait des choix difficiles. Seule.

Lorsque la voix de la jeune femme s'éteint, il lui posa instinctivement la main sur l'épaule. Une main chaude, ferme, protectrice. Sans y penser, Maude recouvrit sa main de la sienne. Les deux jeunes gens restèrent ainsi sans bouger, sous le regard pensif d'Irène.

– Je sais que ce n'est pas facile, prononça la malade, mais j'aimerais aussi que tu me racontes ce qui s'est passé depuis que tu es revenue à Certy. Comment as-tu appris l'existence du vaccin ? Qu'en as-tu pensé ? Qu'as-tu ressenti lorsqu'on t'a injecté le produit ? As-tu tenté de lutter ? Comment te sens-tu aujourd'hui ?

– C'était à la télévision, répondit Maude. Le jour de mon retour à la maison. Je ne me rappelle plus de la chaîne mais la présentatrice paraissait exaltée par la nouvelle. Ma mère était scotchée à l'écran et n'a pas esquivé un geste pour m'accueillir. J'avais… envie d'hurler. Je revenais pour me battre et offrir une belle vie à ma sœur et on nous annonçait que la solution à notre monde cruel était d'abandonner. Abandonner nos joies, nos amours, nos espoirs. Vivre pour vivre. Vivre et survivre. C'était comme accepter de replonger dans un passé terne et triste après avoir ouvert une fenêtre ensoleillée.

Maude reprit sa respiration. Les mots s'écoulaient de sa bouche, percutants, malgré le fait que ce vocabulaire affectif ne trouvait plus d'échos en elle. La jeune femme parlait d'elle comme d'une troisième personne. Sans attachement mais avec justesse.

– Et puis, tu es arrivé, dit-elle à Nathan en levant le visage vers lui. J'étais perdue dans cette existence inutile entre un job minable, un patron pervers, une sœur adorable qui s'appuyait entièrement sur moi, une mère absente, un père inexistant et des amis lointains. J'étais malheureuse et prête à céder à notre société, à me mettre dans le rang, à accepter ce vaccin. Mais toi, tu respirais tout ce que j'aimais dans la vie : tu bouillonnais d'idées, de colère, de folie, de curiosité, d'envies, de rêves… Tu tirais le monde vers le haut sans te soucier si les autres suivaient. Tu traçais ta voie sans craindre qu'elle n'existât pas. Je me suis promis d'être heureuse et de devenir infirmière, de ne pas laisser les autres dicter mes actes, de me rapprocher de toi. Je me suis promis que ma situation était provisoire et que bientôt tout irait mieux. Je suis rentrée chez moi heureuse, ton sourire dans la tête. Ma mère est alors arrivée et nous a fait un sermon sur les bienfaits du vaccin. Je lui ai demandé de se taire et nous sommes allées nous coucher. J'ai rassuré ma petite sœur en la bordant. J'ai menti. Je ne l'ai pas protégé. Quelques heures plus tard, elle était vaccinée. Je me suis réveillée dans la nuit avec une aiguille plantée dans le bras. Quand j'ai réalisé ce qu'il venait de se passer et que j'ai croisé les yeux éteint de ma mère, j'en ai perdu mon souffle. J'ai couru jusqu'à la chambre de ma sœur mais son regard était déjà inexpressif. Et j'ai pleuré. Pleuré jusqu'à ce que les battements de mon cœur ralentissent et que mes peurs et ma tristesse se tarissent. Un sentiment de calme m'a envahi. Je me suis détachée de ma sœur et je suis retournée me coucher.

Le visage de Maude était impénétrable.

— Le lendemain, je t'ai attendu, prononça-t-elle avec flegme en fixant Nathan. Comme les dix jours suivants. C'était chaque jour un peu plus dur de se rappeler ce fourmillement de vie que tu avais provoqué en moi. J'ai entrepris d'écrire ce carnet pour me souvenir. Puis j'ai baissé les bras. Ma mère était devenue gentille, ma sœur ne paraissait plus triste, mon père ne me manquait plus. Pourquoi aurais-je continué à lutter ? Après tout, même toi, tu m'avais abandonné.

Le silence ponctua cette dernière déclaration. Nathan retira la main de l'épaule de Maude et tourna les talons. Il quitta la pièce en claquant la porte sous le regard compatissant de sa mère et celui indifférent de Maude.

— Merci ma jolie, murmura Irène. Ne le juge pas trop vite, la vérité est parfois dure à entendre et mon fils est plus sensible qu'il ne le montre.

— Je ne le juge pas, répondit Maude. La vie est ce qu'elle est.

Sans ajouter un mot, la jeune femme se leva, dépassa le lit de la chambre et sortit. Elle avait besoin d'air. Sa gorgée serrée l'empêchait de respirer.

— Mon père m'a dit que tu avais accepté de rester chez nous ce soir, prononça la voix de Nathan derrière Maude.

La jeune femme était assise sur un banc face aux champs fleuris que la lumière du soir tombant assombrissait d'ombres fantasques. Un sentiment de fatigue l'avait saisi après de nouvelles analyses sanguines qui l'avaient laissé pantelante. Alain l'avait conduite derrière la grande bâtisse pour l'installer dans un salon d'été d'où il lui avait enjoint de reprendre des forces et de boire l'intégralité d'une citronnade maison.

– Il m'a dit qu'il aurait besoin de moi tôt demain matin, répondit Maude en se tournant vers le jeune homme. Cela m'a paru plus simple de dormir ici.

– Qu'ont dit ta mère et ta sœur ?

Maude haussa les épaules.

– Je leur ai dit que je dormais chez un ami, elles ont acquiescé.

– Un ami ? répliqua Nathan. Je pensais que le vaccin ne permettait pas de mentir.

– Tu n'es pas mon ami ?

– Non.

Maude se tut et réfléchit.

– Tu ne veux pas de moi ?

– Si.

La jeune femme resta silencieuse.

– Je ne comprends pas, finit-elle par déclarer.

Nathan s'assit sur l'un des fauteuils de fer qui entouraient le banc. Il avait les mains plongées dans les poches d'un ample sweat à capuche. Il étendit ses jambes devant lui avant de reprendre la parole.

– J'ai été égoïste et je m'en excuse, commença-t-il. J'aurais dû revenir à la supérette le lendemain de notre rencontre. Je te l'avais promis. Je me complaisais dans mon rôle de sauveur de l'humanité pendant que tu luttais concrètement contre ce fichu vaccin. Quel idiot ! Me pardonneras-tu ?

– Pourquoi ne veux-tu pas être mon ami ? répéta simplement Maude.

Nathan la fixa. Des yeux marrons sombres. Très sombres. Un sourire désabusé. Un visage agréable. Des cheveux bruns en bataille.

— Parce qu'un ami n'a pas envie d'embrasser tes lèvres comme j'en ai envie, prononça-t-il lentement.

Maude l'observa sans réagir. Le jeune homme se leva et se plaça devant elle, lui occultant la vue. Ses genoux reposèrent contre ses genoux. La jeune femme releva son visage vers lui. Il lui attrapa une mèche de cheveux rebelle pour la placer derrière l'oreille. D'un même mouvement, il lui caressa doucement le visage de la main avant de s'emparer de son menton. Il se pencha au-dessus d'elle ; son souffle chaud lui chatouilla la peau. Il approcha ses lèvres des siennes et avec une douceur surprenante s'empara de sa bouche. Délicatement, il introduisit sa langue et suivit les contours de ses lèvres avant de lui en aspirer une.

Le bracelet électrocardiogramme de Maude s'affola.

9.

*« Si on veut obtenir quelque chose que l'on n'a
jamais eu, il faut tenter quelque chose
que l'on n'a jamais fait. »*
Périclès

Six semaines s'étaient écoulées depuis la première venue de Maude dans la demeure cachée du C.U.S.. Nathan ne l'avait plus embrassée mais leurs mains se joignaient dès qu'ils étaient seuls. Une complicité naissait entre eux, basée sur une transparence dépouillée de flatterie et d'hypocrisie. Leur relation avait contribué à la poursuite de l'expérimentation sur la jeune femme.

L'équipe scientifique s'activait chaque week-end autour de Maude comme des abeilles autour de leur reine. Ils avaient tenté de l'éprouver en lui posant un énorme boa sur les épaules tandis qu'une mygale lui explorait les bras. Ils lui avaient diffusé un film d'horreur et une comédie dramatique. Ils l'avaient laissé enfermée trois heures entières dans un placard où la chaleur était suffocante. Ils l'avaient plongé dans un bain de glace puis l'avaient empêché une nuit entière de dormir par la diffusion d'une chanson grinçante. Chaque fois, Maude devait évaluer l'expérience par une note d'agréabilité que les scientifiques tentaient de corréler avec ses tests biologiques. Malgré les multiples réactions du corps de la jeune femme, aucun élément n'avait encore permis de comprendre pourquoi ses émotions variaient d'intensité.

Depuis deux semaines, une nouvelle personne avait rejoint la demeure. Lisa, brune élancée de vingt-six ans, représentait la branche des philosophes-économistes qui luttaient pour l'annulation du référendum qui avait rendu obligatoire le vaccin. Elle travaillait conjointement avec l'équipe de Alain pour apporter une réflexion sociale aux expériences pratiquées sur Maude. Très souriante avec les scientifiques et Nathan, elle s'était rapidement intégrée au groupe atypique des chercheurs. Seule Maude s'était vue reléguée au rang de sujet d'étude et ignorée. Lisa la considérait comme déshumanisée par l'injection et sans sentiment. Elle n'avait donc pas à la séduire et à la manipuler comme les autres. Ce fut elle qui prépara la dernière épreuve réservée à la jeune femme.

— Nathan, Maude, prenez vos sacs, nous partons ! héla Alain d'une fenêtre du premier étage donnant sur le salon d'été où s'étaient installés les deux jeunes.

— Papa, nous ne sommes plus des enfants ! cria Nathan avec exaspération.

— Ce qui est typiquement une réponse d'enfant, répliqua son père en refermant l'ouverture.

Nathan jeta un regard désespéré à Maude qui lui répondit d'un sourire serein.

— Il a raison, dit-elle.

Le jeune homme rit en se passant une main dans les cheveux.

— Seul contre tous, je ne peux que m'incliner ! se plaignit-il, blagueur. Allons-y, j'ai hâte de savoir où nous allons. Personne ne m'avait parlé d'une sortie ce week-end.

Les deux jeunes gens rentrèrent s'emparer de leurs affaires, abandonnées sur le canapé du salon. Lisa les attendait dans l'encadrement de la porte d'entrée. Elle sourit à Nathan et leur indiqua la voiture grise familiale stationnée devant le perron.

– En route, Alain nous attend. Nous partons pour l'aérodrome de Chatillon. Une surprise vous y attend…

Le trajet dura une quarantaine de minutes que Lisa remplit d'un discours enthousiaste sur le virage qu'allait prendre le projet aujourd'hui. Maude regardait distraitement le paysage défiler devant elle, sans prêter attention à la philosophie. Quand enfin la voiture s'arrêta, ses occupants purent admirer l'aérodrome, enclavé dans une forêt. Petit terrain plat entretenu à la perfection, une seule piste de décollage et d'atterrissage composait le domaine. La tour de contrôle était un bâtiment blanc austère qui supplantait légèrement l'ensemble. Les quatre voyageurs rejoignirent la base tandis qu'un vent frais ravivait la couleur de leurs pommettes. Trois personnes les attendaient patiemment à l'entrée. Leurs yeux éteints témoignaient sans conteste de leur vaccination.

– Nous vous attentions, prononça le plus âgé, dont le visage était recouvert d'une barbe grise. Nous sommes prêts à décoller pour 11h, soit dans 30 minutes très exactement. Nous n'avons pas une seconde à perdre. Commençons pas les mesures de sécurité. Qui est la personne qui effectuera le saut ?

Tous les regards convergèrent vers Maude.

— Quel saut ? demanda-t-elle stoïquement.

— Le saut en parachute, mademoiselle, répondit l'homme. Vous nous avez régler d'avance un saut en parachute pour un débutant. Etes-vous ce débutant ?

— Non, soutint la jeune femme. Je ne le suis pas.

— Mais siiii, répliqua Lisa avec un immense sourire.

Elle posa sa main sur le bras de Maude et minauda.

— Je t'avais promis une surprise... La voilà ! Tu vas A-DO-RER !

— Je ne saute pas. Rentrons.

Sans attendre, Maude tourna les talons et se dirigea vers la sortie. Le regard de Lisa s'affola. Elle courut après la jeune femme.

— Nous avons besoin que tu sautes, c'est très important ! Tu peux peut-être sauver le monde. Imagine ta renommée ! Tu entreras dans l'histoire ! Et tu verras, ce sera une expérience magnifique. Tu auras une vue d'enfer d'en haut ! Tu sais, tu vas rendre les autres jaloux !

Maude s'arrêta et inspira longuement. Lisa s'empressa de se poster devant elle et de lui adresser son plus beau sourire.

— Tu vas t'éclater, tu vas voir !

— De un, je ne suis pas une enfant alors arrête de me parler comme ça, souffla Maude. De deux, je n'ai aucun respect pour toi et je ne suis pas à tes ordres. De trois, retire-toi de mon chemin, je rentre.

Lisa s'écarta, l'air buté et désarçonné par la réaction de son cobaye.

– Maude, appela une voix chaude et masculine.

La jeune femme se tourna vers Nathan. Alain se tenait derrière lui, interdit.

– Maude, je pense qu'elle a raison. C'est ta plus grande peur. J'ai bien conscience que ce ne va pas être facile ni agréable. Mais cette expérience sera si forte qu'elle pourrait bouleverser l'action du vaccin et nous indiquer son remède.

Nathan s'approcha d'elle et lui prit la main.

– Je suis désolé que tu aies à subir ça. Si je n'étais pas convaincu que ça pourrait changer les choses, je te suivrais hors de cette base. Mais je suis encore là. Nous avons besoin de toi.

Des yeux marrons sombres. Très sombres. Un sourire désabusé. Des cheveux bruns en bataille.

– S'il te plait, murmura-t-il.

Maude avait accepté. Par facilité, par convenance, par amour. Qui savait ? Pas elle. La jeune femme se savait manipulée mais elle avait fait le choix de ne pas en tenir compte. Pourquoi ? Elle avait balayé la question pour écouter attentivement les consignes de sécurité.

Elle allait effectuer un saut en parachute tandem, en compagnie d'un moniteur qualifié qui veillait au bon déroulé du saut : stabilité durant la chute libre, ouverture du parachute, atterrissage. Rien de compliqué. Ce ne serait qu'un petit saut de 4000 mètres de haut à 200 km/h. Pourquoi s'inquiétait-elle ? Ses mains tremblaient.

Maude enfila la combinaison rouge et jaune qu'on lui tendit, ajusta les lunettes sur sa tête et attacha tant bien que mal son casque. Elle apprit que les conditions météorologiques étaient idéales avec un vent quasi nul et aucun nuage, et qu'elle était très chanceuse car cela n'avait pas été le cas ces derniers jours. Elle n'avait donc qu'à profiter du vol et du paysage qui allait s'étendre à l'infini en dessous d'elle. Que du bonheur ! Ses jambes ne la portaient plus.

La jeune femme fut conduite au petit avion qui allait la transporter. Nathan, à ses côtés, se taisait. Au contraire, Lisa ne s'arrêtait pas de parler aux parachutistes et affichait un sourire satisfait. Déjà le bracelet électrocardiogramme de son cobaye affichait des incohérences. Son cœur vacillait.

Maude monta prudemment dans l'avion. La porte claqua aussitôt derrière elle. Elle était seule dans l'habitacle, seulement accompagnée de son moniteur et de son assistant. La présence rassurante de Nathan avait disparu. Leur pilote les informa de leur décollage imminent. La vitesse prise par l'avion plaqua Maude contre son siège. Les quinze minutes de leur ascension lui en parurent une. Déjà son moniteur s'approchait d'elle pour s'attacher à son harnais. Il la poussa à prendre position face à la porte de l'avion. L'assistant lui sourit, d'un sourire sans chaleur et sans valeur, avant d'ouvrir d'un mouvement sec l'ouverture. L'air s'engouffra à l'intérieur et gifla les joues de la jeune femme. La température envoisinait le zéro degré et glaça Maude. Un coup d'œil en bas lui suffit à confirmer ce qu'elle savait déjà. Elle allait mourir. S'écraser en bas comme une pomme trop mûre qui se détache de son arbre. Chuter sans espoir de se retenir. Un simple caillou dégringolant de sa montagne, sans prise. Son cœur rata un battement. Elle avait chaud tout d'un coup dans sa combinaison. Elle transpirait, les mains moites protégées par ses gants.

Son moniteur lui demanda si elle était prête. Elle secoua négativement la tête. Il s'approcha de l'ouverture sans en tenir compte, l'entraînant avec elle. Plus que dix centimètres et elle serait littéralement les pieds dans le vide. Elle crevait de trouille. Il était nul ce vaccin : durant le seul moment où elle en avait besoin, il lui faisait défaut ! Elle se souvenait bien, à l'aube de mourir, comment ses parents l'avaient fait souffrir et pourtant le terrible manque qu'elle ressentait pour son père. Il lui labourait le ventre le sentiment de culpabilité qu'elle avait envers sa sœur, pour ne pas avoir su la protéger. Il la rendait folle ce désir qu'elle éprouvait pour Nathan et ce besoin de se serrer contre lui et de l'embrasser. Comment avait-elle pu oublier tout ça ? C'était impossible !

Une tempête se déchainait en elle et lui tordait les entrailles. Elle allait s'écrouler. Comme un pantin. Elle allait… Sa respiration se transforma en courts halètements. Sa vision se brouilla. Elle ne voulait pas sauter, elle ne voulait pas paniquer, elle ne voulait pas ressentir ce besoin, ce désir, cette culpabilité et cette peine. Elle voulait… Elle voulait… Elle voulait juste vivre simplement, sereinement, tranquillement.

Paisiblement.

Le calme s'abattit en elle, balayant tous ses sentiments. Tous ses doutes, ses peurs et ses émotions. Maude inspira une bouffée d'air glacée. Ses mains arrêtèrent de trembler, ses jambes se relâchèrent. Son cœur ralentit pour retrouver un rythme régulier. Ses yeux ne s'affolèrent pas quand ils aperçurent le sol si loin en bas.

– Prête ? hurla de nouveau son moniteur.

Maude hocha la tête.

Ils sautèrent dans le vide.

La chute libre dura soixante secondes puis le claquement du parachute retentit au-dessus d'eux et ils furent brusquement freiner dans leur descente. Le vol dura ensuite six minutes pendant lesquels ils purent admirer un paysage grandiose. Des touches de forêt vert foncé faisaient face à des champs jaune colza. Les routes et les chemins traçaient autant d'arabesques étonnantes et dessinaient des formes majestueuses. Un fleuve et deux lacs à quelques kilomètres de là apportaient une touche de bleu à l'ensemble et rappelaient la clarté du ciel dans laquelle ils évoluaient. Maude s'empara des commandes pour tournoyer lentement dans l'air puis son moniteur reprit les manettes pour atterrir.

Dès qu'ils touchèrent le sol, Alain et Lisa coururent vers eux, chargés d'instruments de mesure, pour effectuer des analyses sur Maude. La jeune femme se détacha de son moniteur pour suivre sagement les scientifiques. Arrivée à la base, Nathan se précipita vers elle et lui demanda si elle allait bien. Maude hocha la tête et continua sa route sans marquer d'arrêt. Elle ne nota pas l'inquiétude dans la voix du jeune homme.

Nathan, quant-à-lui, remarqua le changement des yeux de Maude.

Ils étaient définitivement éteints.
Vides.

10.

« Je sais que tu as le cœur gros,
mais il faut le soulever. »
Jacques Brel

Irène fixait Maude avec gravité. Elle avait réuni Alain, Nathan et Lisa dans sa chambre puis elle avait demandé à la jeune femme de les rejoindre. Ses traits étaient tirés par la fatigue et la maladie mais une grande douceur émanait toujours de sa personne. Les rideaux remontés des fenêtres laissaient passer la lumière tamisée d'un matin brumeux. Malgré ses fréquentes aérations, la pièce gardait une odeur particulière que cachait à grande peine un brumisateur d'essence.

— J'ai une information importante à te communiquer, prononça Irène, guettant en vain une réaction chez Maude.

Une semaine s'était passée depuis le saut en parachute. Depuis, la jeune femme semblait imperméable au monde extérieur. C'était comme si la peur au lieu de débloquer les effets du vaccin avait accentué son effet. Voyant ces résultats, les scientifiques s'étaient affolés et avaient redoublé d'analyses. Leur cobaye, bien qu'obéissant, ne leur avait rien appris de plus. Maude n'était plus la même, elle vivait sans ressentir, respirait sans espérer, obéissait sans se rebeller, avançait sans réfléchir. Nathan lui aussi semblait affecté par l'expérience et affichait un air fermé et hostile chaque fois qu'on lui posait une question.

– Je sais que notre dernier projet n'a pas été un franc succès et qu'il a remis en cause beaucoup de nos espoirs, continua Irène. Certains disent que tu n'es peut-être pas la bonne personne.

Maude remarqua le rapide mouvement d'yeux d'Alain pour Lisa.

– Je ne crois pas, poursuivit la malade. Ce n'est pas de ta faute.

– Je sais, répondit Maude.

– Je crois que c'est nous qui nous sommes trompées, continua Irène sans relever l'intervention de la jeune femme. Nous avons cherché à créer une réaction physique pour rejeter le vaccin via tes peurs, pour découvrir le remède. Mais le vaccin, en inhibant tes sentiments, joue avec ton cerveau. Tu as pu rejeter ta peur du vide et sauter de l'avion car tu as pu rationnaliser cette peur. Je pense… Nous pensons qu'une peur irrationnelle pourrait davantage convenir. Nous avons besoin que ton cerveau se batte contre le vaccin, pas ton corps.

La mère de Nathan marqua une pause. Personne ne parla. Maude fixait passivement son interlocutrice. Chacun restait debout et immobile. Le silence figeait la chambre et lui apportait un aspect irréel.

– Nous avons retrouvé ton père, lâcha Irène dans un souffle.

Maude ne réagit pas. Elle resta silencieuse. Nathan, proche d'elle, commença à s'agiter nerveusement.

– Nous avons son adresse, ajouta la malade en tendant un bout de papier griffonné.

La jeune femme resta immobile. Tout le monde l'observait avec attention, guettant une réaction, une étincelle dans les yeux, un recul ou le signe d'une respiration hachée. Au lieu de ça, Maude avança d'un pas et s'empara du papier. Sans un regard, elle le fourra dans la poche de son pantalon.

– Ce n'était pas nécessaire, mon père a disparu, prononça-t-elle stoïquement.

Comme personne ne bougeait, stupéfiés et déçus, Maude ajouta :

– Je peux y aller ? Vous n'avez plus besoin de moi ?

Irène hocha lentement la tête. Les cernes sur son visage laiteux semblaient s'être étirées. Elle se laissa tomber sur un fauteuil et posa une main sur son front.

– Sortez tous, j'ai besoin de me reposer, prononça Irène avec une grande lassitude. Sauf toi, mon mari, je vais avoir besoin de tes bras pour me soutenir.

Maude sortit en première. Elle descendit les marches avant de remarquer qu'aucun pas ne l'accompagnait au rez-de-chaussée. Dépassant l'escalier, elle leva la tête et aperçu Lisa, retenant Nathan par la main. Elle s'arrêta. Leurs voix lui parvenaient étouffées mais claires.

– Nous devrions passer à autre chose, disait Lisa. Cette fille ne nous sert plus à rien ! Elle est un des cas les plus avancés que nous avons observé avec ce vaccin. Tu as bien vu, elle ne ressent plus rien. Rien !

— C'est à cause de nous, cracha Nathan. Elle n'était pas comme ça avant de sauter en parachute. Nous l'avons condamnée.

— Certaines erreurs sont nécessaires lorsqu'on veut sauver l'humanité, répondit Lisa d'une voix douce. Cela ne devrait pas nous empêcher de profiter de ce que nous avons.

La philosophe se rapprocha de Nathan.

— Et nous devrions profiter de l'état actuel pour transformer ce monde. Imagine toutes ces personnes obéissantes, prêtes à réaliser tous nos vœux pour la simple et bonne raison qu'on leur demande ! Nous pourrions révolutionner les villes, changer notre énergie pour qu'elle soit entièrement verte, instaurer un meilleur système d'éducation dans les écoles, créer une agriculture responsable… Ils feront tout ce que nous voudrons ! N'est-ce pas merveilleux ?

— Tu veux des pions, pas des humains.

— Seulement un court moment, le temps de trouver une solution à ce vaccin. Avec les contacts de votre organisation et ma stratégie socio-économique, nous pouvons faire de ce monde un rêve ! Toi, chuchota-t-elle d'une voix exaltée, toi et moi, nous pouvons accomplir des miracles. Ce serait dommage de gâcher quelque chose de réel…

Lisa lui posa la main sur la joue.

— Quelque chose de fort…

Elle se colla à lui et releva le visage.

— Pour quelque chose qui n'existe pas. Qui ne peut plus exister.

Maude recula. Son bracelet électrocardiogramme tressauta. Elle buta contre le mur du couloir.

– Nathan, reprit Lisa, elle ne peut pas t'aimer. Elle ne peut plus aimer tout court. Moi si.

La philosophe se mit sur la pointe des pieds et embrassa délicatement les lèvres du jeune homme. Sans réagir, il la laissa faire. Puis il ouvrit la bouche et leur langue s'entremêlèrent.

Le vase s'écrasa sur le sol. Maude ne s'était pas aperçue qu'elle avait dévié jusqu'au meuble en bois de l'entrée. Le bruit fracassant sépara les deux jeunes gens et rompit leur baiser. Maude croisa le regard de Nathan qui fit un pas dans sa direction. Lisa l'arrêta.

– Ça ne sert à rien, lui dit-elle. Elle ne ressent plus rien.

La scène resta figée un long moment. Hors du temps. Tout se joua là. Nathan avait les yeux plongés dans ceux de Maude, la main de Lisa lui tenait le bras. Tout se joua en un long regard.

Nathan tourna le dos à Maude.

Maude ne ressentait rien. Le monde était blanc, noir, gris, elle ne savait plus. Elle essaya de replacer les morceaux cassés du vase sur le meuble. Elle se coupa les mains. Elle n'avait pas de mouchoir pour essuyer les gouttes de sang qui perlaient sur sa peau. Peut-être en aurait-il dans le tiroir ? Maude chercha parmi les papiers, paquets de chewing-gum et crayons abandonnés là. Ses doigts se refermèrent sur un petit objet en métal. Elle le ressortit et l'observa. Elle tenait une paire de clefs. Ce devait être le double de la voiture familiale.

Cela lui fit comme un déclic.

Elle pouvait partir. S'échapper. Exploser.

La jeune femme n'hésita pas un instant. Elle agit sans réfléchir, pas après pas, geste après geste. Elle parcouru les quelques mètres qui la séparait de la porte d'entrée, ouvrit la porte, la referma. Elle se dirigea vers la voiture sans vérifier si quelqu'un était dans les parages. Elle introduisit la clef dans la serrure et donna un coup à droite. La portière se déverrouilla et Maude s'installa à la place du conducteur. Elle régla ses rétroviseurs comme son moniteur d'auto-école lui avait expliqué pour un permis qu'elle n'avait finalement pas pu se payer. Elle inséra les clefs, démarra, recula pour dégager la voiture de sa place et se dirigea vers le portail de la demeure.

Alors qu'elle tournait la tête pour s'engager sur la route, elle aperçut dans son rétroviseur Nathan courir dans sa direction tandis que Lisa s'agitait sur le perron.

Maude accéléra.

De toute ses forces.

Les larmes cascadaient sur ses joues. Elle avait le cœur gros, elle avait le ventre serré, elle avait envie de vomir. Il l'avait trahi, abandonné. Il ne l'aimait pas, il ne l'aimait plus, il ne l'avait jamais aimé. Ce n'était que pour réaliser ses expériences qu'il s'était rapproché d'elle. Il l'avait utilisé, il l'avait brisé. Le cœur en mille morceaux. Pourquoi le vaccin ne fonctionnait-il pas ? Elle ne voulait pas ressentir cette douleur ! Maude alluma la radio et monta le son à fond. Elle tenta d'essuyer le flot de larmes qui s'écoulait de ses yeux et qui lui brouillait la vision. Le paysage défilait à toute vitesse. Elle tournait une fois à droite, le croisement suivant à gauche, sans logique. Des sanglots secouaient son corps. Pourquoi n'était-elle pas normale ? Pourquoi ressentait-elle encore tous ses sentiments ? Pourquoi maintenant ? Maude donna un coup de volant et s'engagea sur une longue nationale. La voix de Céline Dion hurlait par les hauts parleurs : « *On ne change pas, on met juste les costumes d'autres sur soi, on ne change pas, une veste ne cache qu'un peu de ce qu'on voit* ».

Elle n'avait jamais cessé d'essayer de se changer, de devenir une autre, d'être ce qu'on voulait qu'elle soit. Elle avait été sage à l'école et s'était contenue quand elle avait eu envie de rire et de courir en pleine classe. Elle avait tenté d'être une fille modèle pour conquérir l'amour de ses parents. Elle était devenue l'infirmière parfaite en s'oubliant dans les autres. Elle avait quitté sa vie pour se muer en grande sœur exemplaire. Elle avait même accepté de jouer les irréprochables cobayes, une fois vaccinée. Et que lui avaient apporté toutes ses personnes ? Sa mère la discréditait, son père l'avait abandonné sans regret, sa sœur ne lui avait pas donné de nouvelles en deux ans d'absence, aucun de ses amis ne s'étaient déplacés à Certy pour la voir, Nathan se fichait d'elle. « *On ne change pas, on attrape des airs et des poses de combat. On ne change pas, on se donne le change, on croit que l'on fait des choix* ».

Ses mains tremblaient sur le volant. Les larmes continuaient de couler le long de ses joues. Pour une fois, elle devait être honnête avec la seule personne qui comptait : elle-même. Elle se devait la vérité. Maude inspira et renifla piteusement à la place. Etre honnête. Si elle devait être honnête… Elle ne savait pas, elle ne savait plus, elle n'arrivait pas à réfléchir. La jeune femme prit un virage, s'engagea à la première intersection venue et arrêta sa voiture le long de la route. Un chemin de terre démarrait quelques mètres plus loin et se perdaient dans la nature. Maude sortit du véhicule, claqua la portière et partit. Elle marcha plusieurs minutes. L'air frais la revigorait tandis que le soleil, au plus haut, réchauffait ses bras. Le chemin déboucha sur un lac. Grand, beau, paisible. Immobile, stable, confiant. La jeune femme se perdit dans la contemplation de cette étendue bleue. Un couple de canard troubla l'eau de leur passage. L'ombre sereine de quelques arbres en bordure du lac apportait une touche foncée à l'ensemble. Maude s'essuya une dernière fois les joues. Elle ne pleurait plus mais son vacarme intérieur était insoutenable. Tous les sentiments qu'elle avait contenus, toutes ces émotions, ces non-dits, ces regrets, ces désirs, ces peurs, ces colères… Tout voulait sortir.

Maintenant.

Alors Maude cria. Les canards s'envolèrent en caquetant. Elle hurla son chagrin.

– Je veux vivre, clama-t-elle. Je veux vivre, je veux être heureuse, je veux devenir vieille et être fière de qui je suis ! Vivre vous m'entendez ? Je veux vivre !

Le lac l'écouta sans broncher.

Tout devint clair. Elle avait fait des choix dans sa vie. Des choix qui n'avaient pas forcément été les meilleurs, des choix qui l'avaient transformé et qui l'avaient fait souffrir. Elle avait choisi d'accorder de l'importance à l'amour de ses parents, de sa sœur et de ses amis. Elle avait choisi d'essayer de leur plaire. Et elle en avait pâti. Mais malgré tout, ce n'était pas un mauvais choix.

C'était un *beau* choix.

Celui d'accorder de l'importance aux personnes qu'elle aimait. Pour le meilleur et le pire. C'était discutable, oui. Mais c'était elle. Qui elle était. Et elle ne voulait pas changer parce que les autres étaient incapables de lui rendre correctement son amour. Elle aimait, c'était son choix. Le reste était le leur.

Elle s'était perdue le jour où elle avait accepté que le vaccin inhibe ses sentiments. Car c'était bien là le remède, elle s'en rendait maintenant compte. La solution était si simple que personne n'y avait pensé : la volonté. L'injection ne retirait pas la capacité de ressentir des émotions, il ajoutait la faculté de les contrôler. C'était pour ça que personne ne réagissait de la même manière lors du vaccin. Or, dans ce monde de tristesse et d'adversité, les vaccinés avaient instinctivement intégré un mécanisme de défense en limitant leurs sentiments.

Mais pas elle.

Maude avait toujours fait face aux évènements malgré leur gravité, malgré la peine qui avait suivi. Et aujourd'hui, elle voulait ressentir cette tristesse. Elle voulait ressentir cette trahison. Elle voulait ressentir ses doutes. Elle voulait contrôler sa vie. Elle voulait pouvoir remédier à cette situation sans l'ignorer. Elle voulait hurler à Nathan sa souffrance. Elle voulait lui dire qu'elle y avait cru, qu'elle l'avait aimé, qu'elle l'aimait encore. Qu'il avait tout gâcher. Elle voulait cracher sur Lisa sa colère et son dégoût. Lui expliquer qu'elle avait tout faux avec ses envies de pouvoir, de domination et de séduction. Que contrairement à elle, Maude n'avait jamais menti sur qui elle était. Vaccin ou non.

Elle allait vivre, oui. Elle allait vivre intensément. Parce que c'était qui elle était. Mais avant ça, elle allait être honnête une dernière fois. Etre honnête non plus avec elle-même, mais avec toutes les personnes qui lui avaient fait du mal. Parce qu'elle le méritait. La jeune femme enfonça la main dans sa poche de jean et serra le morceau de papier qu'elle contenait.

Première étape : son père.

11.

« Tu dois être la personne que tu n'as jamais eu le courage d'être. Petit à petit, tu découvriras que tu es cette personne, mais avant de pouvoir le voir clairement, tu devras le prétendre et l'inventer. »
Amy Cuddy

Maude avait enregistré l'adresse de son père dans son application GPS et installé son portable près d'elle pour suivre ses indications. Elle avait eu mal en constatant que son père habitait à moins de quarante kilomètres de leur maison. Il n'était seulement qu'à une heure de route. Si près et pourtant si loin. Il n'avait même pas eu la décence de refaire sa vie dans un lieu différent. Il ne les avait pas fuis, il les avait simplement rayés de son existence. Elles étaient sa famille, merde ! Les larmes lui avaient piqué les yeux mais Maude les avait essuyés d'un revers de manche rageur. C'était temps d'obtenir des explications. Elle ne lâcherait rien.

La jeune femme conduisit rapidement en chantant à tue-tête les chansons que diffusaient la radio. Il faisait beau, la vitesse la grisait, l'horizon et ses lointaines montagnes l'enchantaient. Les One Direction prirent possession de la bande passante et Maude secoua les cheveux telle une groupie : « *One way or another, I'm gonna win ya ! I'm gonna getcha getcha getcha !* ». Elle se sentait idiotement vivante !

Maude mis seulement une demi-heure à rejoindre une jolie maison de lotissement. L'endroit était entretenu avec soin, les haies étaient soigneusement taillées, les pelouses tondues. Chaque propriété se composait d'une maison sur deux étages, d'un garage et d'un petit jardin entouré de barrières blanches. Quelques arbres ombrageaient le chemin central qui desservait les habitations.

Maude gara la voiture devant le numéro 11. Elle s'engagée dans l'allée, s'apprêta à sonner, recula, fis demi-tour, parvins à la boîte aux lettres, expira, ferma les yeux, poussa un grognement, retourna face à l'entrée et activa la sonnette. Elle crevait de trouille. Et s'il lui refermait la porte au nez ? S'il faisait semblant de ne pas la reconnaître ? S'il avait une seconde famille ? S'il lui disait qu'elle était une erreur et qu'il ne l'avait jamais aimé ? La jeune femme serra les poings pour empêcher ses mains de trembler. Comme aucun mouvement ne provenait de l'intérieur, Maude activa la sonnette une seconde fois. Cette fois-ci, des pas résonnèrent.

Elle allait s'évanouir.

La porte s'ouvrit.

– Maude, prononça avec surprise Henri, le père de Maude.

L'homme eut un mouvement de recul en découvrant sa fille. Ses cheveux gris lui donnaient un air sérieux dont Maude n'avait pas le souvenir. Il était habillé d'un simple jean et d'un sweat gris. Sa réaction et l'appréhension dans ses yeux rassurèrent la jeune femme sur un point : il n'était pas vacciné. Elle l'aurait cru moins courageux que ça.

– Que fais-tu là ? demanda-t-il sur la défensive. Tu as l'air en forme, c'est bien.

Maude ne répondit pas et se contenta de le fixer. Henri passa d'un pied sur l'autre.

– Tu es devenue une vraie femme.

Silence.

– Tu es vaccinée, c'est ça ?

– Oui. A cause de maman.

– Mais tu as l'air en colère…

– Aussi.

– Si tu es vaccinée, tu ne devrais pas être en colère, tenta-t-il de déclarer pour se soustraire au regard intransigeant de sa fille.

– C'est vrai. Dommage pour toi, ça ne marche pas sur moi.

– Que fais-tu là ? répéta Henri.

– Je veux des explications. Tu nous as abandonné. Tu m'as abandonné.

– C'est que…

– Papa, tu habites à une heure de la maison !

Henri passa une main gênée dans ses cheveux.

– Tu ne devrais pas être là, se compta-t-il de répondre.

– Dommage pour toi, j'y suis.

Maude expira. C'était vrai, elle y était. Elle était devant lui, elle avait réussi. Tous les discours qu'elle avait soigneusement préparé pour ce moment se mélangèrent pour sortir dans un flot précipité.

– Tu veux savoir ce que ton départ m'a fait ? Le sentiment de déchirure ? L'incompréhension ? Je savais que tu ne m'aimais pas, mais à ce point ! Au point de disparaître sans même laisser un mot d'adieu ! Avais-tu si honte de ta famille ? De moi ? Tu habites à une heure de nous, merde ! Ça m'a détruit, papa. Et as-tu pensé à Clara ? Ce n'est encore qu'une enfant !

Henri encaissa sans bouger les paroles blessantes de sa fille. Son visage fermé ne laissait rien transparaître.

— J'ai passé deux ans loin de la maison à tenter de me reconstruire, continua Maude. Deux années de bonheur. Et j'ai dû revenir. Abandonner mes rêves pour m'occuper de maman et de Clara. Tu crois que c'était ça mon rôle ? Vous voir détruire mon enfance puis mon avenir ? Quel est le but dans tout ça ? Pourquoi m'avoir fait si vous ne vouliez tellement pas de moi ? Dis-moi !

— Tu ne comprends pas…

— Non, je ne comprends pas, répliqua Maude en secouant la tête. Je n'ai jamais compris.

Son père détourna la tête pour fuir son regard lourd de reproches.

— Ex-pli-que-moi, détacha-t-elle lentement. Maintenant.

Henri soupira et lui fit signe d'entrer dans sa maison. Maude le suivit à l'intérieur et découvrit un joli espace chaleureux et moderne, loin des bibelots qui encombraient sa propre maison et de son odeur de renfermé. Ici, une grande baie vitrée laissait passer la lumière dans le salon, mettant en avant un canapé en cuir blanc, une table basse vitrée et un immense écran plat. Une cuisine à l'américaine agrandissait la pièce et faisait le lien avec la salle à manger. Une bibliothèque meublait un côté de la pièce, mise en valeur par une série de petites lampes posées près des livres. Sur le porte-manteau, plusieurs vestes pendaient dont certaines étaient clairement féminines. Une corbeille à fruits trônait sur le bar en bois de la cuisine. Sur le carrelage blanc, quelques jouets laissés là par leur dernier utilisateur trainaient par terre. Son père avait refait sa vie. C'était un fait qu'elle devait accepter. Pourtant Maude avait mal au ventre. Il avait non seulement refait sa vie, mais il avait choisi d'accueillir des enfants dedans. Ce n'était donc pas le fait d'être sa fille le problème, mais bien ELLE. La jeune femme ne put retenir ses larmes qui roulèrent silencieusement sur ses joues tandis qu'elle suivait son père jusqu'au sofa. Les deux adultes s'assirent. Henri inspira avant de relever la tête, prêt à affronter sa fille. Il découvrit étonné le visage mouillé de Maude. Il n'avait jamais été doué pour comprendre ce que pouvait éprouver les autres personnes.

— Explique-moi, redemanda-t-elle simplement d'une voix hachée.

Henri détourna la tête vers la fenêtre.

– Tu es…

Son père expira.

– Tu es…

Silence.

– Tu es…

— Je ne suis pas ta fille ? Je ne suis pas désirée ? Je ne suis rien pour toi ?

Henri garda ses yeux irrémédiablement fixés sur le dehors.

– Tu es malade, lâcha-t-il.

– Je suis… malade ? répéta bêtement Maude.

— Gravement malade.

— Papa, regarde-moi et explique-moi ! C'est quoi ces conneries ?

Henri ne bougea pas.

— Tu es atteinte du syndrome de Tierte. Nous l'avons su quand tu avais deux ans. Tu as fait une grave syncope qui nous a conduit à l'hôpital. Nous avons fait beaucoup d'examens. Rien n'expliquait ta petite mort. Ton cœur s'était arrêté et personne ne comprenait pourquoi. C'était intenable pour ta mère ! Et les résultats sont tombés. C'était le syndrome de Tierte.

Silence.

— Papa, qu'est-ce que c'est ce syndrome ? Qu'est-ce que ça veut dire ?

Henri s'absorba dans la contemplation d'un nuage avant de répondre.

— Ta mère s'est beaucoup renseigné sur le sujet. Les conséquences, les traitements possibles, les chances de survie… La médecine en est à ses débuts, tu sais. Elle était dévastée… Je me souviens des nuits blanches qu'elle a passé à trouver un moyen de te sauver.

— Papa, je vais mourir ? demanda Maude, suffoquée.

Instinctivement, la jeune femme réactiva l'effet du vaccin. Elle avait besoin d'entendre ce que ses parents lui avaient caché mais elle n'était pas assez forte pour le faire sans aide. Après l'avoir tant combattu, le vaccin devenait son allié. La vie était étrangement faite.

— Oui, un jour, répondit son père. Comme nous tous. Mais toi sûrement un peu plus tôt. Le syndrome de Tierte est… Il provoque… Ton corps… Tu risques à tout moment une nouvelle mort subite. Fatale. Ton système cardiovasculaire est… défectueux.

– Papa, je ne comprends pas. Pourquoi m'avoir caché cette maladie ?

Henri tourna son regard vers sa fille, rencontrant ses yeux éteints.

– C'est une maladie génétique, amplifiée par l'utilisation d'anxiolytiques pendant la grossesse. Ta mère… ta mère savait vaguement qu'il y avait eu des problèmes de santé dans sa famille mais… Mais ça n'allait pas du tout au travail, et elle avait besoin de garder ce poste pour que nous ayons l'argent pour fonder une vraie famille. Pour acheter une maison. Pour t'offrir une chambre. Elle… elle a pris des médicaments pendant ta grossesse pour tenir le choc. Elle ne se l'ai jamais pardonné. Elle m'a fait jurer de ne jamais te le dire… Elle voulait que tu vives ta vie sans te poser de question, sans te restreindre.

Les larmes glissèrent sur les joues de Maude, malgré sa volonté de ne rien ressentir, de couper court à ses sentiments grâce à l'injection.

– Maman n'a jamais été fière de moi, murmura-t-elle. C'est parce que je lui rappelle chaque jour son erreur, c'est ça ?

– Non ! riposta son père. Ta mère aurait aimé que tu abandonnes l'école, que tu t'enfuis avec le premier garçon rencontré, que tu voyages, que… que tu vives intensément ! Elle avait peur qu'en étant si sage, tu rates des secondes précieuses de ta vie. Des secondes qu'elle t'avait sûrement retirées elle-même ! Mais tu étais si calme, si douce… Elle n'a jamais su gérer cette situation. Plus je lui demandais de te dire la vérité, plus elle se renfermait. Elle n'avait plus confiance en moi, elle croyait qu'à chacune de nos disputes, j'allais craquer et tout t'avouer. Mais plus que tout... Plus que tout... Elle mourrait de peur de te perdre. Elle était terrorisée à l'idée de se lever un matin pour te réveiller, et ne trouver qu'un corps froid dans ton lit. Ça la détruisait, termina-t-il dans un souffle.

Henri se cacha le visage entre ses mains.

– Je... Je suis désolé de t'avoir caché ça. Il s'agit de ta vie, tu aurais dû faire tes propres choix. Je suis désolé que nous ayons échoué à te protéger. Nous t'avons mal aimé en voulant bien faire. Et tu as raison... Après notre divorce, j'ai fui ta mère. J'ai fui sa culpabilité et la mienne. Et je me suis offert une deuxième chance.

Le silence retomba dans le salon. Maude était livide. Elle allait mourir. Cette phrase tournait et tournait dans sa tête. Elle allait mourir et ses parents l'avaient toujours su. Elle allait mourir et sa mère en était devenue acariâtre et dépressive. Elle allait mourir et son père avait simplement décidé de l'oublier. Elle allait mourir. Elle allait mourir, MERDE !

C'était trop à digérer.

Maude se leva et s'approcha de la baie vitrée. Ses yeux éteints fixaient sans la voir la petite maison en plastique qui attendait sagement qu'un enfant vienne jouer dedans. Le chat du voisin passa rapidement dans le jardin à la poursuite d'un invisible adversaire. Ce devait être une femelle avec ses trois belles couleurs entremêlées. Elle aurait bien couru à sa suite pour laisser le vent emporter ses pensées loin d'elle. Mais ce n'était pas le cas et elle devait y faire face.

Maude était calme. Qu'allait-elle décider maintenant ? A peine avait-elle choisi la vie que celle-ci lui faisait un pied de nez. 15-0 pour elle. Facile. Celle-là, Maude ne l'avait pas vu venir ! Pourquoi se battre maintenant ? Elle avait perdu par KO. Pourquoi tenter de redresser le monde ? Pourquoi se bagarrer à démontrer la beauté de la vie à des personnes aveugles qui avaient elles-mêmes choisi de ne plus voir cette lumière ? Pourquoi vouloir crier qu'il faut aimer pleinement quitte à risquer de souffrir ? Pourquoi s'échiner à défendre la vie quand tout ce qu'elle lui offrait c'était la mort ? Un avenir réduit. Un futur incertain.

On lui avait menti. Du début à la fin. Pourquoi se battrait-elle pour des gens aussi tristes ? Aussi ternes ? Elle ne devait plus rien à personne. Elle méritait l'oubli, le soulagement et la sérénité. Elle avait tout donné, on lui avait tout repris. Le vaccin était là, pourquoi s'empêcher d'en bénéficier ? Elle l'utilisait déjà. Pourquoi y mettre fin ? Elle n'avait qu'à choisir de ne plus jamais revenir à son ancienne vie. Ils avaient gagné.

Game over.

Maude se retourna lentement vers son père et lui adressa un sourire sans chaleur.

— Je te remercie de m'avoir dit la vérité mais je ne te pardonnerais pas ton abandon. Tu t'es accordé une deuxième chance, très bien. Mais sache que si tu te comportes de nouveau mal avec un des enfants que tu as décidé d'accueillir chez toi, je reviendrais et je ferais de ta vie un enfer.

La voix de Maude, rendue placide par l'effet du vaccin, claqua avec force dans le silence de la pièce. Henri sursauta et se recula dans le sofa. Il hocha rapidement la tête.

— Ah oui, ajouta tranquillement Maude. Je vais aussi m'accorder une deuxième chance.

La jeune femme désactiva les effets du vaccin. Son visage se décomposa et se tordit de souffrance. Elle se plia en deux et rugit de douleur. En se redressant, elle attrapa la première chaise venue et l'abattit sur une des vitres de la baie vitrée. Un nouveau cri s'échappa de sa gorge et déchira l'air. Les éclats de verre retombèrent dans une cascade retentissante. Les larmes se mirent à ruisseler avec force sur ses joues et lui troublèrent la vision.

— Je vais mourir, mugit-elle, bande de salauds !

La jeune femme leva de nouveau la chaise et la fracassa contre la deuxième vitre. Son père, tétanisé, ne bougea pas et se recroquevilla dans son fauteuil. Le verre ne céda pas au premier assaut et Maude se fit une joie d'abattre de nouveau sa chaise jusqu'à ce que la paroi se brise en mille morceaux. Comme son cœur.

Ils croyaient qu'ils avaient gagné ? Un dernier round l'attendait, elle n'en avait pas fini avec la vie. Et elle, elle ne fuirait pas.

12.

« Le bonheur exige du talent. Le malheur pas. On se laisse aller. On s'enfonce. C'est pourquoi le malheur plait et le bonheur effraye la foule. »
Jean Cocteau

Maude conduisait. Elle s'était échappée de la maison de son père avec soulagement et avait aussitôt repris place au volant de sa voiture volée. Le plein d'essence lui permettait de rejoindre la demeure familiale et son occupante principale : sa mère. La vitre baissée, le vent lui fouettait le visage et ses cheveux voletaient en tous sens. Malgré le temps ensoleillé et les longues lignes droites, elle ne parvenait pas à retrouver le sentiment de liberté qui l'avait habité une heure auparavant. Elle aurait voulu se rouler en boule dans un lit et s'endormir. Oublier, rien qu'un moment que tout disjonctait autour d'elle. Oublier que le monde avait choisi d'abandonner son humanité déjà par deux fois : la première en se vaccinant, la deuxième en se coupant volontairement de ses émotions grâce à l'injection. Oublier qu'en plus d'être perdue dans sa vie, celle-ci pouvait s'arrêter. Aujourd'hui, demain, dans trois ans. Qui savait ?

Maude avait googlelé le syndrome de Tierte sur son portable mais avait rapidement fermé les pages Internet. C'était tellement tangible de lire ce diagnostic, ces symptômes et cet absence de traitement qu'elle s'était sentie chancelante. Alors elle ne perdrait pas de temps. Cette fois-ci, elle ne reculerait pas. Tant qu'elle avait le courage ou la folie d'affronter ses plus grandes peurs, elle le ferait. Car un saut en parachute n'était rien face à ce qu'elle accomplissait aujourd'hui.

Maude gara sa voiture sur une place de parking vide, le long de la rue. Elle sortit du véhicule et claqua la portière. Ses jambes tremblantes ne la portaient plus. La confrontation avec sa mère et sa sœur lui tordait les tripes. Malgré une enfance chaotique, la jeune femme avait toujours recherché l'approbation de sa mère. Savoir qu'elle était la cause de son mal-être et de son irascibilité la rendait malade. Si elle n'avait pas eu ce symptôme de Tierte, si Adriana n'avait pas porté cette culpabilité pour avoir pris des anxiolytiques pendant sa grossesse, auraient-ils été une famille normale ? Une famille aimante ?

Ses pas l'amenèrent naturellement sous le porche de la maison. Maude s'arrêta et expira longuement avant d'ouvrir la porte. Elle s'engouffra à l'intérieur.

– Je vous l'avais dit qu'elle viendrait ! s'écria une voix masculine en lui sautant dessus.

Le corps de Nathan apparut soudainement devant Maude et lui barra le passage vers la sortie. Son visage reflétait une grande détresse mais il semblait satisfait de l'avoir retrouvée. Maude recula, comme frappée. Comment osait-il être ici ?! Elle en perdit le souffle. Elle ne s'était pas préparé à l'affronter et ses yeux s'embuèrent de nouveau. Mince, elle ne le laisserait pas la déstabiliser ! Une deuxième silhouette se profila dans le couloir : fine, élancée, sûre d'elle. Maude n'eut pas à réfléchir, ses réflexes parlèrent d'eux-mêmes. Sa main s'envola sur la joue de Nathan et claqua avec force.

— Comment oses-tu venir chez moi après tout ce que tu m'as fait ? Et avec ELLE ? s'écria-t-elle. Sortez immédiatement de MA maison !

Nathan se frotta la joue, la mine contrite. Au lieu de s'excuser, il afficha un grand sourire ce qui eut le don d'énerver la jeune femme.

— Je savais que tu étais encore là, sous le vaccin, prononça-t-il joyeusement. Toi et ton fichu caractère !

— Nathan, je ne plaisante pas, gronda Maude. Si vous n'êtes pas sortis dans la minute, je te promets de devenir l'hystérique la plus dangereuse au monde. Mais qu'est-ce qui ne va pas chez toi ?! La ramener ELLE ici ? Tu ne crois pas que tu m'as fait assez de mal ?

Nathan eut la décence de paraître gêné.

— Je n'avais plus de voiture et elle a refusé de me la prêter… expliqua-t-il avec embarras.

— DEHORS ! rugit Maude.

Lisa, qui s'était approchée discrètement, tira sur le bras de Nathan.

— Je crois qu'on devrait y aller, cette fille est folle.

— Pour une fois qu'elle dit quelque chose d'intelligent, tu devrais l'écouter, railla Maude.

Nathan marqua clairement sa désapprobation.

— Ce que tu as vu ce matin, ce n'est pas ce que tu crois, déclara-t-il. J'étais perdu, j'ai fait une connerie. Mais quand je me suis tourné vers Lisa, c'était pour le lui dire. Lui dire que je croyais en toi, que je t'aimais. Maude, j'avais peur. Je crevais de trouille de t'avoir définitivement perdu à cause de ce putain de saut en parachute que j'avais cautionné !

– Nathan, sors d'ici, tout de suite, répéta la jeune femme d'une voix tendue.

Lisa poussa le jeune homme vers la sortie mais celui-ci ne bougea pas d'un pouce. Il croisa les bras et planta son regard dans les yeux défaillants de Maude.

– SORS ! glapit-elle.

– Quelle est la cause de tout ce raffut ? se plaignit soudain la voix d'Adriana depuis le salon. Je vous ai autorisé à attendre ma fille, pas à provoquer un tel chahut. Je ne veux pas déranger les voisins.

Maude eut un rire sarcastique et se détourna de Nathan, sans un regard supplémentaire. Elle avança mécaniquement dans le couloir jusqu'à déboucher sur le salon. L'atmosphère de la pièce était lourde d'un encens bon marché. Sa mère, assise sur le canapé, ajusta le plaid à carreaux qui lui couvrait les genoux. A côté d'elle, Clara releva la tête du livre qu'elle lisait. Leurs yeux éteints étaient tristes à voir.

– Parce qu'il n'y a que les voisins qui t'importent, maman ? répliqua froidement Maude. Que ta fille disparaisse n'avait aucune importance ?

– Voyons, répondit Adriana d'une voix atone, tu es là, n'est-ce pas ? Cela n'a donc plus d'importance.

– Et le fait que je vais potentiellement mourir, cela aussi n'a pas d'importance ?

Maude crut percevoir un tremblement dans les pupilles de sa mère. Sa sœur ne sourcilla pas.

– Et toi tu le savais ? souffla tristement la jeune femme, en se tournant vers Clara.

– Oui, déclara l'intéressée sans interrompre sa lecture.

Les larmes piquèrent les yeux de Maude. Sa petite sœur, sa petite chérie pour qui elle avait tout abandonné, sa petite sœur savait qu'elle allait mourir et ne lui avait pas dit. Pire ! Elle ne lui avait pas donné de nouvelles pendant deux longues années. Deux années pendant lesquelles elle aurait pu mourir et personne ne l'aurait su. Maude n'arrivait plus à respirer.

— Reprend-toi, déclara Adriana, tu hoquettes comme une dinde.

— Maman, je vais mourir !

— C'est vrai, comme nous tous.

— J'ai le syndrome de Tierte et tu ne me l'as jamais dit !

Un nouveau frémissement parcourut les yeux de sa mère. Derrière elle, Nathan se dégagea de l'emprise de Lisa pour s'approcher de Maude.

— C'est quoi cette connerie ? s'exclama-t-il. Tu ne vas pas mourir, hein ? C'est quoi ce syndrome ? Maude répond moi ! Tu ne vas pas mourir bordel ?!

La jeune femme pivota d'un demi-tour et fixa Nathan droit dans les yeux. Son visage torturé mélangeait une infinie tristesse avec une rage immense.

— Toi, tais-toi. Je m'occuperais de toi après, prononça-t-elle d'une voix hachée.

Le jeune homme ouvrit la bouche mais la referma aussitôt face à la détresse de Maude. Il hocha la tête pour lui signifier son accord.

Maude fit de nouveau face à sa famille. Sa colère et sa souffrance lui déchiraient les entrailles et lui retournaient le cerveau. Elle était submergée par ses émotions, elle allait se noyer. Des larmes roulaient silencieusement le long de ses joues tandis qu'elle serrait les poings pour empêcher ses mains de trembler. Elle resta un moment sans bouger, sans trouver la force de déverser toute sa rancune, de peur de se perdre elle-même.

Une main chaude vint se glisser dans la sienne.

La serra fort.

Très fort.

– Maman, Clara, levez-vous. Je ne me répèterais pas, déclara Maude d'une voix blanche.

Adriana et Clara redressèrent la tête avant de s'exécuter. Elles quittèrent le canapé et vinrent se camper face à Maude. Le vaccin avait cet avantage de créer des personnes dociles et disciplinées. Mais cela n'intéressait pas Maude. Elle voulait que sa mère et sa sœur affrontent la réalité, qu'elles lui expliquent leurs choix, qu'elles prennent leurs responsabilités. C'était trop simple de se réfugier derrière l'injection. Beaucoup trop simple de refuser de ressentir la douleur qu'on avait provoqué. Elle allait mourir, merde, elle avait le droit d'exiger la vérité !

– Maintenant, vous allez me retirer tout de suite les effets de ce putain de vaccin. Et ne faîtes pas semblant, je suis vaccinée aussi, je sais bien comment ça marche ! VOUS avez choisi cette passivité triste à mourir.

La jeune femme sentit la surprise de Nathan derrière son dos. Oui, elle avait résolu le mystère, découvert la solution. Le remède pour lequel ils avaient dépensé tant d'heures et tant d'efforts, elle l'avait trouvé seule. Sans machine, sans analyse, sans calcul, sans examen, sans bouse blanche, sans scientifiques. Cette solution, elle l'avait toujours eue en elle ; mais comme les autres, elle avait fait semblant de ne pas la voir. Cette solution s'appelait la volonté.

— Maman, tu me dois des explications. Maintenant.

Le visage de sa mère se contracta mais elle resta stoïque. Ce fut sa petite sœur qui la première s'écroula en larmes, se prosternant devant elle en sanglotant. Nathan et Lisa assistèrent à la scène avec ébahissement.

Le reste de l'après-midi resta un souvenir flou dans l'esprit de Maude. Durant deux heures, Clara parla sans interruption, seulement ralentie par une série de crises de larmes. Adriana, dont la carapace s'était fissurée au fur et à mesure du récit de sa petite fille, prit le relais les trois heures suivantes.

— Qu'est-ce qui va se passer maintenant, conclut piteusement Adriana à la fin de son discours.

Maude ne répondit pas. Elle se sentait vidée. On lui avait mentit toute sa vie, on avait fait les mauvais choix pour elle et pourtant elle n'avait plus de haine. Tout le monde avait assez souffert dans cette pièce, cela devait s'arrêter. Maintenant qu'elle avait obtenu des réponses, c'était peut-être temps d'accéder à la sérénité. De retrouver la tranquillité et la plénitude en réactivant le vaccin. Après tout, ce n'était qu'en étant détaché des gens qu'on prenait les bonnes décisions.

Il n'y avait qu'à voir comment la culpabilité avait rongé sa mère, comment sa peur de la perdre avait tué son amour et comment son envie de la voir profiter de la vie l'avait poussé à continuellement la dévaloriser. C'était sûrement ça la conclusion à cette histoire. Elle allait mourir jeune sans en souffrir, sans attendre de la vie autre chose qu'une heureuse quiétude.

– Qu'est-ce qu'on va faire ? gémit Adriana.

La jeune femme haussa les épaules en signe d'incertitude. Sa sœur sanglotait sur un fauteuil. C'est alors qu'une voix chaude lui chatouilla l'oreille :

– J'ai une équipe de scientifiques complètement libre pour chercher un nouveau remède…

Maude sourit.

13.

« L'optimiste ne refuse jamais de voir
le côté négatif des choses ;
il refuse simplement de s'attarder dessus. »
Alexandre Lockhart

C'était ça la vie : des hauts et des bas. Parfois, on tombait par terre et personne n'était là pour nous rattraper. Pour nous sortir la tête de l'eau. Souvent, on était déçu par des proches, par leur comportement, par leur indifférence, sans savoir ce qui se cachait réellement derrière. Mais toujours, toujours, une lumière subsistait. Il fallait simplement s'autoriser à la voir. Accepter qu'une toute petite flamme puisse être plus importante qu'un océan de ténèbres.

Alors oui, la vie était faite de doutes. On hésitait sur le chemin à prendre, sur les personnes à qui faire confiance, sur qui on voulait être et sur qui on était vraiment. On doutait à chaque instant de choses importantes et de tous petits riens. Mais si pour une fois, au lieu de douter, au lieu de critiquer, au lieu de comparer, de stigmatiser, de fuir... et si pour une fois, ils faisaient le pari fou de faire confiance à l'humanité ? De ne pas douter d'être capable d'être heureux ? D'aimer ceux qui méritaient d'être aimés ? D'être fait pour être ébloui par la vie ? Car rien ne remplacera jamais la beauté d'un coucher de soleil qui enflamme le ciel. Rien ne remplacera la tendresse du baiser d'un amoureux. Rien ne remplacera l'émotion d'une musique qui résonne en vous, ni le plaisir d'un chocolat qui fond sur votre langue, ni la douceur de bras qui vous encerclent, ni la chaleur du rire de vos amis, ni la satisfaction d'apprendre, ni la plénitude de se promener dans une forêt et de contempler la grandeur des arbres, ni la joie de partager un bon repas, ni le ravissement de découvrir un nouveau pays, ni l'enchantement de vivre. Simplement de vivre.

Maude se redressa.
– Allons-y ! Nous avons un monde à réveiller et à éduquer au bonheur.

EPILOGUE

J'ai longtemps cherché quel serait le meilleur moyen de réveiller l'humanité. Si je devais prendre la parole dans les médias, aller secouer chaque personne une par une, chez elle, à son travail, dans la rue ; ou lui expliquer des heures durant pourquoi la vie valait d'être vécue pleinement, intensément, intégralement. Qu'il n'y pas de raccourci pour le bonheur. Qu'on signe toujours pour le meilleur comme pour le pire.

J'ai réfléchi des jours entiers avec Nathan, avec ses parents, seule. Après tout, je ne suis personne. Personne d'important. Pourquoi m'écouterait-on ? De quel droit pouvais-je juger la vie des autres ? Aucun. Aucun droit. Je ne pouvais juger que ma vie à moi. Point.

C'est à ce moment-là que le déclic s'est opéré. Je ne jugerais pas vos choix, loin s'en faut. Mais voici ma vie. Je vous l'offre. Mes peurs, mes douleurs, mes colères. Mes joies, mes espoirs, mes amours. J'ai tout écrit. Tout écrit pour vous, pour que, de votre propre chef, vous arriviez à la même conclusion que moi : la vie est belle. Et si la beauté n'est pas parfaite, c'est dans son scintillement d'ombres et de lumières qu'elle est la plus spectaculaire.

Et vous, ne voudriez-vous pas vous réveiller et allumer vos yeux de vos rêves les plus fous ?